entressafra

Isabel Guéron

Ilustrações:
Marina Agostini

ubook ubk
Publishing House

ubook ubk
Publishing House

COORDENAÇÃO Alessandra Brito
EDIÇÃO Nikita Sigrist
REVISÃO Douglas Santos
PROJETO E CAPA Bookallbok
DIAGRAMAÇÃO Nathália de Morais

Dados Internacionais de Catalogação na Publicação (CIP)
(Câmara Brasileira do Livro, SP, Brasil)

Guéron, Isabel
Entressafra/Isabel Guéron. – 1. ed. – Rio de Janeiro: Ubook Editora, 2021.

ISBN 978-65-5875-110-6

1. Poesia brasileira I. Título.

21-58333 CDD-B869.1

Ubook Editora S.A
Av. das Américas, 500, Bloco 12, Salas 303/304,
Barra da Tijuca, Rio de Janeiro/RJ.
Cep.: 22.640-100
Tel.: (21) 3570-8150

Para o meu pai.

Agradecimentos

Escrever esse livro foi aos poucos. Antes, eram meus escritos. Soltos, ocasionais. O hábito de escrever, simplesmente. E os textos foram passeando pelas redes. E de vez em quando eu mostrava para alguém especial. E nesse caminho até virar livro, até eu entender que eles todos são também uma coisa só, muita gente esteve junto comigo.

Agradeço à Maria Ribeiro e Priscila Gontijo; amigas que admiro tanto, que leram o livro antes de todo mundo e me encorajaram a seguir adiante.

Ao Delson Antunes, meu leitor assíduo, pela amizade e presença certeira e à Tracy Segall, por ter me apresentado Lydia Davis e seu "Tipos de Perturbação".

Ao Paulo Rosa, meu querido professor de Português, que tive a alegria de reencontrar, enviar o livro, ganhar uma revisão carinhosa e, mais uma vez, um incentivo tão determinante.

À plataforma Hysteria.etc, o primeiro espaço que eu ocupei como escritora e onde nasceram alguns textos desse livro.

Agradeço à Ubook pela parceria, e Cristina Albuquerque pela confiança, acolhimento e aposta nesse livro.

À minha mãe, Cordélia, que além do nome shakespeariano, me ensinou que a vida tem muitos atos e entreatos, e que ser mulher é ser protagonista de si.

Aos meus irmãos Rodrigo, Eduardo e Helena, os melhores que existem. Meus cúmplices, minha certeza de amor, para onde eu quero ir sempre que me perco.

E meu agradecimento, para muito além desse livro, ao meu companheiro Rodrigo Maranhão. Que enche minha vida de poesia, música e amor. Que está ao meu lado em cada entressafra e abundância. Que é pai dos meus maiores amores, Joaquim e Francisco.

Sumário

Prefácio 15

Banho 20

Onde tudo é azul 24

De manhã 26

A outra moça 30

Aquilo tudo
(para Camilla Amado) 34

Magrela* 38

Miopia* 42

Pediatra e avião 50

Sobre dias cinzentos* 54

Girassóis 60

Behind the yellow line 68

Behind the yellow line II 74

Brigadeiro 80

O bolo e as bolsas* 82

Caminho de volta 88

Bicho Doméstico
*(ou não aprendi dizer adeus)** 92

Passageira* 102

Instante 112

Quando meu pai morreu 114

Filho 118

Sinônimos e sentidos* 122

Azul dourado 130

Eu não fiz nada 134

Entressafra 136

Beatriz* 138

O que me completa 146

Inconsciência 148

Vende-se aplausos 152

Registro de imóveis 156

Dois mil e dezesseis 162

Sozinha e acompanhada* 166

O choro indomável 176

Ex-carnaval 186

Corrida de saco* 188

O Dia dos Namorados
*(ou a loja de perfumes)** 192

Porque sim 202

* Textos publicados anteriormente na plataforma hysteria.etc.br

Prefácio

O desequilíbrio de enxergar

Em carta datada de 1888, Tchekhov observou que "o primeiro e principal atrativo de um conto é a simplicidade e a sinceridade"[1], ressaltando não ser possível ser simples nem sincero sem coragem.

Em *Entressafra*, seu livro de estreia, Isabel Guéron demonstra coragem suficiente para realizar com generosa honestidade a travessia literária. Tão sensível quanto saboroso, seu texto capta instantes da existência, como numa Polaroid, e nos atinge ao flagrar o que há de mais precário no humano, aquilo que não se confessa, mas escapa.

Com esse olhar de águia, em alta voltagem, Guéron extrai dos detalhes mais ordinários a sua inusitada grandiosidade. O crachá de

---

1 A.P. Tchekhov, *Cartas para uma poética*, São Paulo, Editora da Universidade de São Paulo, 1995, p.95.

acesso ganha dimensão filosófica, assim como o percurso para a manifestação na Cinelândia ou a espera para o sinal abrir, enquanto o filho atravessa de bicicleta. Diferentes tempos se cruzam no instante preciso de apreensão do presente. A experiência de atriz fornece o conhecimento exato daquilo que desequilibra a personagem, sua falha trágica, o deslize que a desconcerta e denuncia. Esse lapso é o motor da narrativa. O que importa para Isabel está entre o disfarce e a revelação, na passagem entre o conhecido e o vertiginoso, esse umbral da existência.

Em um mundo de crescente aceleração da experiência, refletir sobre o que somos e o que nos acontece é algo cada vez mais raro. No texto de sua conferência, Jorge Larrosa Bondía diz que a experiência não é o que se passa ou o que acontece, mas o que nos passa, o que nos acontece. "Nunca se passaram tantas coisas, mas a experiência é cada vez mais rara."[2] Nas narrativas breves contidas neste livro, a autora desponta como sujeito da experiência, sujeito "ex-posto" com tudo o que isso tem de vulnerabilidade e de risco.

---

2 Jorge Larrosa Bondía, *Notas sobre a experiência e o saber da experiência*, Rio de Janeiro, Revista Brasileira de Educação, 2002, n.19, p.21.

O livro dá notícia do seu cotidiano, vazado em linguagem coloquial, numa escrita fluida e direta, que não orna a palavra com penduricalhos, nem cede a qualquer afetação. As criaturas que observa, mesmo diante de ocorrências mesquinhas ou na iminência do tropeço, são acolhidas por seu modo singular de ver.

Neste começo de terceira década do século XXI, *Entressafra* expõe o patético que insiste em permanecer na inconsistente elite brasileira, mas resiste à tentação de enveredar pelo cinismo. A narrativa parte da via afetuosa para testemunhar o encontro com o outro, sem perder de vista as contradições que ditam as verdades mais difíceis: "Quando meu pai morreu, eu queria que ele morresse logo".

No centro da cena, uma mulher de quarenta anos, da classe média carioca, tenta se equilibrar entre os boletos bancários, os deveres familiares e as incertezas da vida de atriz, tendo como pano de fundo o retrato do país cindido, em sua dimensão mais dilacerante: o abismo da desigualdade social brasileira. Se de um lado vemos criaturas que se referem às bolsas de grife como pessoas de carne e osso, recebendo nome e sobrenome, do outro circulamos entre os habitantes anônimos da cidade, moradores de rua, boêmios da Lapa e desconhecidos íntimos da linha 422. Ao decidir vender o carro para se lançar nas vias públicas, a mulher reencontra o elo perdido com seu entorno.

A autora frequentemente parte de algum pretexto colhido ao acaso, em uma notícia de jornal, em uma conversa entre amigos, na ligação para a floricultura, ou até em uma viagem para a Disney. Arguta observadora, com uma autocrítica implacável, consegue desvelar a fagulha de beleza no trivial, a ponta de eterno no perecível, o humorístico no solene, denunciando, assim, nossos contrastes menos admiráveis.

Sem perder a leveza, mas com humor melancólico, *Entressafra* é amostra excelente "de como a crônica pode dizer as coisas mais sérias e mais empenhadas por meio do ziguezague de uma aparente conversa fiada", segundo Antonio Candido.[3] Ao abrir o livro em qualquer página, o leitor terá a sensação de estar sentado ao lado da autora, em uma conversa no meio-fio, no verão desolador da cidade. Sob a sua pena, o verniz social que sustenta as relações é suspenso e a desmoralização do *status quo* torna-se inevitável.

---

3 Antonio Candido, "A vida ao rés do chão", In: *Para gostar de ler: crônicas*, Volume 5, São Paulo, Ática, 1984, prefácio.

Entre atores e atrizes, garçons, poetas, artistas de rua, Pateta e Mickey, músicos, pedestres, passageiros e até bichos de estimação, o leitor circula na deliciosa fauna carioca que compõe os sonhos e as tragédias deste nosso famigerado dia-a-dia.

"Como é bonita a vida real!"

*Priscila Gontijo**
março de 2021.

*Dramaturga e escritora, mestra em Literatura e Crítica Literária (PUC/SP). Autora dos romances *Peixe Cego* (Ed. 7Letras, 2016) e *O som dos anéis de Saturno* (Ed. 7Letras, 2020), doutoranda em Criação Literária (USP).

Banho

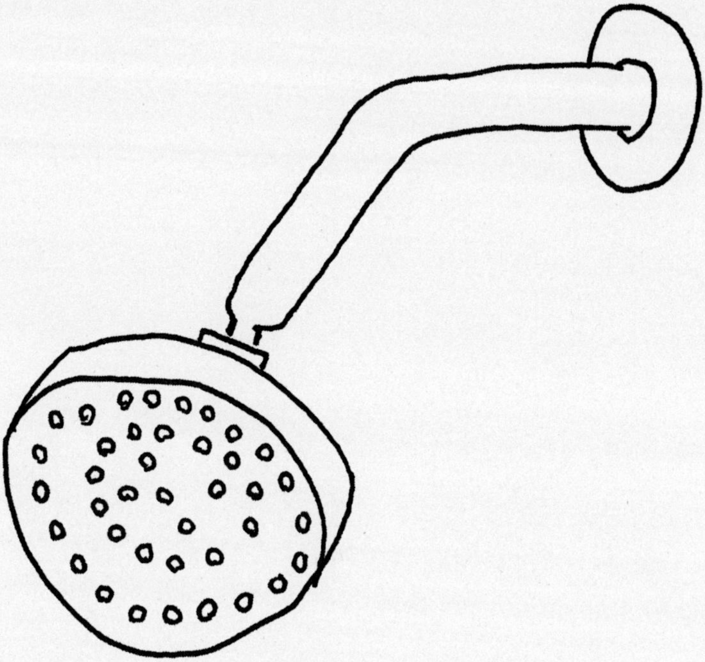

Ela já separava o lixo,
economizava energia e
captava água da chuva
para regar o jardim.
Estava conectada às
novas possibilidades
de se relacionar com o
planeta, era uma mulher
do seu tempo.

Mas o banho era um problema.
Estava com muita dificuldade
em abrir mão daquele banho
demorado.

Era habituada a resolver
grandes questões debaixo do
chuveiro enquanto a água morna
escoava pelo ralo.

Desde pequena, lembrava-se.
Desde sempre.

Os banhos intermináveis da
infância, entre espumas e
cantorias.

A única palmada que levou foi
por causa de um banho sem fim.
(ficou escrito *Melissa* na sua
coxa)
E cresceu, ficou moça, se
apaixonou, sofreu de amor.
Tudo debaixo do chuveiro.

Quando virou mãe, ansiava por esse
momento de solidão.

O banho.

Trancava-se naquela caixa de vidro
e lavava cabelos, olheiras, leite,
cicatriz.

Quando o pai morreu.
Quando o amor balançou.
Era no banho que chorava.

Agora precisava derramar-se em outro
canto, sem desperdícios.

Sem diluir as lágrimas em água nenhuma.
Deixá-las evidentes, escorrendo.

Fazendo um caminho salgado no rosto.

Que às vezes até arde no vento.

Onde tudo é azul

E aí vem um susto.
E acontece bem do jeito que a gente imaginava que seria.
E ainda assim é um susto.
Porque a gente pensa que sabe, mas não sabe.
Porque acha que é forte, e não é.
E essa mania de querer saber.

De achar que a verdade é um lugar seguro.
E agora? E a raiva? E o medo?
Sei lá o que eu vou fazer.
Porque tudo que eu faria, não fiz.

Não tive vontade. Achei clichê.
E agora fico assim, tonta, perdida.
E triste. Um nó no peito. Um ponto fixo.

E meus devaneios que me levam a lugares piores ainda.
Quero voltar pra lá.
Onde tudo é azul e bate só uma brisa.
Onde eu fecho os olhos e durmo.

Onde aquele beijo era só meu.

De manhã

E ela acorda atordoada.
De novo o mesmo pesadelo. Acho que outro, parecido com aquele. E ela não quer mais o mesmo assunto, o mesmo pensamento, mas ele vem mesmo assim. Ela se levanta, lava o rosto e espera que aquela nuvem se desfaça ali mesmo, na pia.

Não se desfaz.
Então ela disfarça. Que é pra não chover no molhado, como ele diz.
Mas não adianta. Ela está afogada na poça.

Ele não entende.
Acha um exagero tanto sentimento.
Coisa à toa e ela até hoje com essa aflição. Tanta coisa pra fazer e ela com essa aflição.

Tanto trabalho, tanto café, tanta criança, tanta conta pra pagar e ela com essa aflição.
Um exagero transbordante de quem não tem problemas de verdade.

Ela queria um alívio que não fosse a fumaça.

Queria uma magia qualquer.
De novo ele não entendeu.
Então ela segue.

Controlando a chuva que a encontra sozinha e teima em cair, molhando o estofado do carro novo.

A outra moça

Então agora eu vou falar sobre a raiva.

Essa manifestação tão próxima do amor, mas que incita dentro da gente nossos piores e mais ocultos desejos.
Tenho, de uns dias pra cá, cortado um dobrado com minha raiva.

Monstro fêmea que habita meu
corpo desde sempre.

Eu sempre a mantive serena,
impondo-lhe certa
Compostura, apropriada a uma
moça.
Mas agora a moça não existe
mais.
Não aquela. Tem outra,
diferente. Mais bonita até.

Usa maquiagem, anda bem
vestida.
E gosta de sair sozinha.
Mas antes, ela já sabe.

O monstro fêmea ainda precisa
jogar uns copos na parede,
cuspir meia dúzia de palavras,
gritar lá do alto da montanha.

E então,
só depois,
ela, a outra
moça, vai
sair por aí.

Aquilo tudo

(para Camilla Amado)

Era feriado, uma chuvinha. E ela estava ali, tentando cada vez mais estar ali. Naquela sala um pouco arrumada, um pouco bagunçada. Ao fundo a trilha de *Luzes da cidade,* que o pequeno, que já vai fazer três, assistia estático no sofá vermelho. O sofá vermelho está um pouco gasto. Mas ela não quer um sofá novo.

Quer ir à Paris. Tão linda a carinha dele vendo o Vagabundo. Dá até vontade de chorar. Então ela chora.

Uma chatice, tudo agora ela chora. E deu pra chorar escondida, porque já não sabe explicar o motivo.

Aquela sala. Aqueles meninos.
Aquilo tudo. E era tanto
pensamento espremido na cabeça.
Era melhor ler um livro.
Então ela pega o livro de capa
amarela que ganhou naquele dia,
naquela festa. Foi tão boa
aquela festa. E ela chora só
mais um pouquinho.

Ontem ela encontrou aquela amiga na calçada. A que foi sua mãe na temporada do Planalto. Tão querida ela. E fala rapidinho, dois beijinhos, um abraço apertado. E a pressa da vida. E já no tchau, antes de entrar no táxi, a amiga fala: eu descobri que a felicidade é uma escolha e resolvi ser feliz.

E ela voltou pra casa pensando nisso.

Magrela

A moça entra na festa com seu vestidinho geométrico escolhido a dedo para aumentar um pouco a sua silhueta. A amiga caminha em sua direção e, antes mesmo do oi, fala num tom acima do necessário: você está magérrima!

A moça, fina em todos os aspectos, finge não se incomodar com a frase que está ouvindo pela sétima vez naquele fim de semana.
E responde num fio de voz: você acha?
Talvez ela não tenha conseguido disfarçar a decepção.

De nada adiantou empurrar aquelas três taças de sorvete na sobremesa.

A amiga, bem mais rechonchuda, usava um lindo vestido preto preenchido por curvas bem domadas. Ela deve ter percebido o desapontamento no olhar da moça magra. "Mas tá linda! Quem me dera ser assim, comer de tudo e ficar magérrima!", ela disse, com uma inveja sincera.

Sim, esse é o maior martírio da moça.
A magra, muito magra, carrega atrás de sua sombra esquelética a culpa por ser leve sem o menor esforço.

Se numa roda de amigas ela deixa escapar que está fazendo regime para engordar, recebe em troca olhares carregados de um pequeno ódio contido. Às vezes, só em pedir uma Coca-Cola comum já sente o peso do seu pecado nos sorrisos amarelos com gosto de adoçante.

Apesar dos quitutes liberados, a vida nem sempre é doce para as elegantes sílfides. Comprar roupa, por exemplo.

Quantas vezes a mesma moça já circulou disfarçadamente pela seção infantil de uma loja de departamento, tentando encontrar escondido entre roupas de manga bufante e purpurina lilás algo mais sóbrio, tamanho 14, para usar no inverno. Ela não reclama.

Gosta, até, de ainda se pendurar por aí; de se aproveitar do corpo leve e desafiar a gravidade. E segue, incompreendida. Entre macarronadas aos quatro queijos, tigelas de açaí e saquinhos de castanha na bolsa.

Perseguindo aqueles quilinhos que teimam em faltar, para, quem sabe, sentindo-se gostosa, entrar justa numa calça tamanho 38. Ou, sentindo-se solidária, alcançar o peso necessário para doar sangue para o filho de um amigo do amigo.

Miopia

Estava com os óculos errados. Há muito tempo não ia ao oculista. Oculista não, oftalmologista. Sempre confundia.

E a coisa chegou num ponto que não podia mais adiar.
Primeiro foi aquela festa. Comemoração de final de filmagem, festinha de apartamento, equipe reunida. Luz estrobo, sala lotada e música alta. Umas dez pessoas adiante, estava o maquiador.

E durante os dois meses de trabalho eles tinham ficado amigos íntimos. Ela havia contado toda a sua vida e compartilhado as angústias da profissão com ele.

O maquiador era o primeiro da ordem do dia. Às seis e trinta e cinco da manhã já colocava produtos importados na sua cara sonolenta. Para deixá-la linda.

E ela se afeiçoou a ele por isso. Então atravessou a sala, esbarrou em vários corpos e chegou diante dele numa felicidade de reencontro de amigos do segundo grau.

A trinta centímetros do rapaz, ela finalmente viu o rosto com nitidez. Era um desconhecido.

Em segundos, seu corpo inteiro resolveu seguir o comando que já tinha recebido do cérebro, e ela abraçou aquele desconhecido como se fosse o seu colega de set. E assim, numa sequência, deu meia volta, já murcha, o corpo todo demonstrando o peso do engano.

Dias depois teve o telefonema de um amigo.

— Você está cega ou eu te fiz alguma coisa? — Foi a pergunta que ouviu antes do alô.

— Passei por você, acenei, você olhou pra mim e nem me respondeu!

— Não te vi. Juro. Acho que a miopia avançou, preciso ver isso. — E se desculpou.

Ali descobriu que sua condição ocular estava aos poucos destruindo suas relações.
Desligou o telefone em choque.

Quantas pessoas ela olhou e não viu? Quantos desafetos teria colhido nesse longo período embaçado, fora de foco? Poderia ter perdido inclusive possíveis trabalhos. Uma roteirista que não cumprimentou, um diretor que ignorou.

Havia dias em que, ensolarada, ela decidia dizer oi a qualquer olhar que cruzasse com o seu. Como nas cidadezinhas do interior.

Mas depois do caso do maquiador trocado andava cabisbaixa. Mirava pedras portuguesas, evitando abraçar desconhecidos.

No cinema só enxergava na fila A. Ninguém quer ir ao cinema com alguém que senta na fila A, ela pensava. Estava virando uma pessoa de temperamento esquisito, confusa.

Tudo com mais de três metros de distância era só um contorno. Uma cor de roupa e de cabelo.

No mês passado o vizinho acenou do outro lado da calçada e durante alguns segundos ela achou que fosse sua mãe. Sua própria mãe! Só desfez o engano quando ele subiu numa moto. Era bem improvável sua mãe de moto com quase oitenta.

Os óculos errados já começavam a criar situações surreais; cenas de Buñuel. O mundo inteiro estava fora da sua retina. Marcou, então, uma consulta.

Tinha um moderado distúrbio de refração. Nem leve, nem grave. Saiu direto para a ótica e investiu em um par de óculos grandes e lindos.

Queria espaço periférico e autoestima. Quando os vestiu, tonteou. Uma nitidez avassaladora voava em sua direção. Uma tontura de filme em terceira dimensão.

Um desequilíbrio de tanto enxergar.
— É normal — disse o rapaz da ótica. — Ainda mais a senhora que está há tanto tempo usando os óculos errados.

Ela sorriu, meio sem jeito, vendo tudo. Fora da loja os letreiros berravam à sua volta.

Lembrou do filho mais velho, que, em fase de alfabetização, gritava na janela do carro. "Um 'érre'! Um 'éfe'! Olha mãe, um 'cê'!" Tudo era exclamação.

Então ela sentiu um nó na garganta. Deve ter sido a lembrança do filho quando pequeno. Como crescem rápido!

E pensou que de perto sempre esteve enxergando bem. Era uma boa hora para óculos novos; esse menino espichado, voando assim

E voltou pra casa a pé, pra verificar o que tinha deixado passar naquele caminho. Era tanta coisa, tanto detalhe. Como se todas as letras miúdas do mundo desfilassem em negrito na sua frente.

E ela sorriu sem querer.

Pediatra e avião

Primeiro dia.
Aos quarenta e dois resolveu que precisava entender seu lugar, agora que chegava na metade. Talvez estivesse sendo otimista. Podia já ter passado da metade. Podia não entender nunca.

O que deveria vestir para ir à análise? Quando era pequena ia de roupa nova ao pediatra. E também para andar de avião.

Pediatra e avião. Ela riu, de dentro, com esses pensamentos que vieram juntos. Bem naquela hora.
Talvez o mais honesto fosse ir mal ajambrada mesmo.
Já chegaria no código visual.

Ela lembrou que na semana passada entrou na loja e experimentou um macacão jeans. Não dava mais para voltar àquela identidade.

É para frente, ela pensou. E riu.
Dessa vez até saiu aquele ventinho pelo nariz.

Foi normal. Calça jeans e camiseta.
Na hora de sair, caprichou um pouquinho no sapato.

E foi caminhando bem devagar. Reparando o percurso, as casas que sobraram no bairro. Parou três minutos na banca e comprou uma água. Era bom sair com calma.

O consultório era numa rua residencial. Deve atender em casa, ela pensou. Chegou quinze minutos antes. Resolveu esperar na esquina.

Saiu com muita antecedência. Achou que ansiedade era calma. Confundiu. Típico.

Sete minutos depois se reportou ao porteiro, que interfonou. Agora não tem mais saída, ela pensou.

Elevador antigo, chão de taco. Na sala de espera tocava Rádio MEC. Lembrava muito seu pai, a Rádio MEC.

Sequer tinha visto a psicanalista e já teve que lidar com a presença do pai. A sessão prometia.

Bebeu um copo d'água. Dois.

— Oi, tudo bem? Vamos? É por aqui.

Foi.

Sobre dias cinzentos

Havia dias em que acordava assim, cinzenta.

Os arrependimentos em destaque na cabeça. Parava de olhar para frente e mergulhava num retrovisor. Um devaneio de ré, um *rewind* aflitivo que a jogava cada hora numa encruzilhada repetida. E ia revivendo tudo e imaginando como seria se não tivesse sido daquele jeito. Os trabalhos que negou, a viagem que não fez, a casa que construiu, os beijos que não deu, cada cigarro que fumou, o cabelo que até hoje não teve coragem de descolorir.

Lembrou de uma revista que tinha lido dias atrás enquanto pintava as unhas de vermelho. Uma jovem celebridade dizia que "nunca tinha se arrependido de nada na vida" e que "seu maior defeito era sua teimosia". Ela achou engraçado porque sempre gostou de ser teimosa; estava na lista das qualidades. Seu padrão era outro, seus defeitos seriam certamente impublicáveis numa edição de gente tão feliz.

E seguia com os pensamentos ao contrário. Feito uma Montanha-russa que volta refazendo o percurso; a gente de costas, enjoando. Talvez essa fosse a explicação para a sensação de estar assim, mareada. Quando será que isso passa? Ela tinha planejado várias coisas para fazer naquela terça-feira. A casa vazia era coisa rara. O tempo só dela, ninguém pra chamar, perguntar coisas, interromper. Mas não fez nada. Porque às vezes não sabia ser só ela.

Levantou e foi lavar a louça, pra não deixar acumular. E chorou junto com a pia. Isso era comum. Depois de tudo limpo ia ser mais fácil, com certeza. Às vezes é um detalhe que atrapalha. Feito ontem, quando precisou levantar pra fechar as portas do armário e finalmente conseguir dormir.

Sentou pra escrever e reparou que o esmalte vermelho tinha ficado bastante comprometido naquela lavação de copos e panelas. Ficou até aliviada porque não estava mesmo segurando aquelas unhas bem feitas. Tinha sido uma tentativa de fora pra dentro. Algumas vezes usava esse recurso no teatro e dava certo. A personagem ia chegando num jeito de andar, numa forma de mexer nos cabelos. Depois ia tomando corpo nas relações com os outros atores. Mas era quando conseguia existir no silêncio, diante do público, que ela ficava satisfeita.

Era uma demolição e construção simultâneas. Chegava no meio do caminho. Era muita coisa pra trás e milhares de possibilidades à frente. Era saudade de ser quem ela ainda não tinha sido. Tédio com euforia. Sem querer se lembrou do dia em que foi passear no Jardim Botânico com a família. Ainda era só filha nessa época. No meio do passeio, armou aquela chuva de verão. Vamos embora, a chuva vai cair!
E o toró desceu sobre suas cabeças, ainda perto do Lago das Vitórias-régias. As pessoas todas fugindo da água, famílias se abrigando na gruta. Até que seu pai, num rompante, puxou um coro, numa versão desbocada de "Singing In the Rain". E foram, encharcados, correndo pelas alamedas cantando aos berros: "Puta que pariu que chuva, puta que pariu que chuva, puta que pariu que chuva..."

Era bom se
molhar. Ela já
tinha aprendido
isso no
caminho.

Girassóis

Queria completar seu pedido de desculpas com um vaso de girassóis. Teve a ideia já no fim do dia, na hora de buscar o menino na escola. Foi e voltou, correu para o computador e entrou em diversos sites de floricultura.

Arranjos lindíssimos, significados das flores, sugestões para o buquê mais adequado de acordo com seu motivo.

Ela descobriu, por exemplo, que para agradecimento pega bem enviar flores do campo, para uma forte amizade deve-se enviar gérberas. Se o bebê nasceu, um vasinho de lírios ou rosas em tom pastel. Uma paixão arrebatadora deve receber rosas vermelhas.

Mas ela queria girassol! Os girassóis estavam em duas categorias: "homens" e "desculpas". A moça acertou em cheio! Arranjo decidido e a tentativa de comprar pela internet. Impossível! Para entregas naquele dia só se o pedido fosse feito até as 18h. Olhou no relógio, 18h12. Não adianta discutir com um sistema. Programa de computador é assim: chegou na hora limite, trava. Não tem por favor que dê jeito!

Num fio de esperança, resolveu ligar para uma floricultura por ali, no Centro, já que a entrega deveria ser feita na Lapa, onde ele faria um show essa noite. E pelo telefone fica bem mais fácil convencer o entregador a levar só mais uma florzinha no fim do expediente.

— Por favor, será que vocês fariam uma entrega ainda hoje?

— Ih, senhora, a loja fecha daqui a pouco... peraí que eu vou perguntar pro Robson.

A moça imediatamente sentiu a esperança voltar enquanto aguardava do outro lado da linha; Robson era o nome de uma pessoa, certamente sensível por trabalhar numa floricultura!

— Alô, aqui é Robson, o que a senhora deseja?

— Robson, você acha que dá pra fazer uma entrega importantíssima ainda hoje?

— Aonde, senhora?

— No Circo Voador. Na Lapa.

— Ah, na Lapa dá sim, é bem pertinho!
Ela notou a alegria do Robson em responder que sim. Esse rapaz nasceu pra trabalhar numa floricultura, ela pensou

— Ai, que ótimo, Robson! Eu queria enviar girassóis. Um buquê de girassóis!

— Pois não, o girassol está muito bonito, a senhora escolheu bem. Quer escrever o que no cartão?

— Como?
— No cartão, o que a senhora quer escrever no cartão?

— Ah, sim. — E fingiu que estava achando normal ditar um bilhete de amor para o Robson, e prosseguiu.

— Para o amor da minha vida... — E o Robson repetia enquanto escrevia: pa-ra o a-mor da mi-nha vi-da...

— Que mais senhora?

— Um beijo da Lindinha.

— Um beijo de quem, senhora?

— Lin-di-nha

— Ah, sim! Lindinha... — repetiu o Robson com um certo tom de ironia e satisfação.

— A senhora fica tranquila que daqui a pouco ele vai receber esse buquê e ficar todo feliz!

A moça deu o número do cartão de crédito pro Robson e desligou o telefone felicíssima. Tinha dado certo! Dez minutos depois o telefone toca. Robson tivera a esperteza de pedi-lo no caso de algum problema ou dificuldade em achar o endereço da entrega.

— Oi, aqui é Robson da floricultura, é que o cartão que a senhora me passou tá com algum problema, deu bloqueado.

— Ai, Robson, não acredito. Vou ligar pra desbloquear agora.

— Mas tem que ser rápido, a loja tá fechando dona.

— Nesse minuto!

A moça desligou imediatamente com Robson, a essa altura um cúmplice de sua empreitada romântica. Ligou pro número que estava atrás do cartão para desbloquear e ficou ouvindo a musiquinha por preciosos segundos. Ela odiava musiquinhas e gravações... como seria bom se tivesse um Robson no lugar das atendentes de mentira. Desistiu do cartão e ligou pro amigo, guitarrista da banda dele. E pediu que disfarçadamente pagasse as flores na hora que chegassem.

— Amanhã eu te pago.

— Claro, sem problema nenhum! — respondeu o amigo, já animado em participar também. Aliviada, ela ligou rapidamente para a floricultura.

— Resolvido, Robson, o pagamento vai ser feito no ato da entrega.

— Pela própria pessoa que vai receber as flores? — perguntou um Robson indignado.

— Claro que não, Robson! Vai ser um amigo que toca com ele, ou alguém da produção que vai pagar pra mim.

— Ah, bom! Então tá, senhora. Eu mesmo vou entregar, faço questão!

— Muito obrigada, Robson, você arrasou! E a moça desligou o telefone pensando que as pessoas são realmente muito melhores do que uma máquina. E descobriu, quando ele voltou do trabalho com o buquê nas mãos, que os girassóis são mágicos. E que deve ser por isso que o Robson trabalha na floricultura com tanto gosto. Porque os girassóis são mágicos.

Behind the yellow line

Sucumbimos. Foi o que pensei assim que terminei de programar a viagem em família à terra do Mickey Mouse.

Caímos na tentação de carimbar a infância dos nossos meninos com o passeio que nos coloca oficialmente no rol dos bem sucedidos. Passagens pagas, malas prontas e crianças radiantes. Tudo tem um lado bom.

No dia que chegamos, depois de uma viagem cansativa, fomos ao supermercado abastecer a geladeira do apartamentinho que alugamos.

Imediatamente acontece alguma coisa com a gente assim que o pé encosta na terra do Tio Sam. Uma entidade consumista toma conta do nosso corpo e a gente precisa se controlar pra não comprar tudo o que vê pela frente.

Crianças prevenidas e adultos dando o exemplo, conseguimos sair do mercado apenas com os alimentos, mesmo tendo passado por seções de cosméticos, roupas infantis e videogames - onde, aliás, vi um Atari vintage lindo sendo vendido numa edição comemorativa, mas não comprei.

No dia seguinte começamos nossa rotina de parques. Fomos de cara no maior e mais famoso, aquele que tem o castelo da Cinderela. Tudo cheio, tudo funcionando, carros estacionando ordenadamente e nós obedecendo todas as regrinhas, andando na mão certa e ficando atrás da *yellow line*.

O grande quis logo ir na montanha-russa e o pequeno estava em busca do rato mais bem sucedido do planeta.

Nos organizamos e começamos a enfrentar as filas quilométricas que tinham tamanho de quatro horas, mas duravam apenas quarenta minutos. Lá eles conseguem, numa organização de quem toca o gado, fazer as coisas funcionarem.

No meio da tarde, no horário de pico do parque, nos olhamos, eu e o pai, e imediatamente entendemos o desespero um do outro. “Vamos manter a calma”, ele me disse. “Acho que devíamos parar um pouco e comer”, eu respondi.

Fomos na nossa primeira lanchonete. São todas iguais, não vale a pena perder tempo escolhendo. Senta e come na primeira que vir pela frente. Um hambúrguer gorduroso, uma porção de *nuggets* e Coca-Cola, que é praticamente distribuída de graça. Você compra um copão e vai repondo livremente.

Imediatamente após o primeiro lanche você entende por que aquela população é obesa. E tome marshmallow! Continuamos a andança pelas filas e brinquedos, alternando momentos de puro encantamento e muito cansaço.

No fim do dia, uma parada
com todos os personagens
iluminados, queima de fogos
e volta pra casa.

E o carro? Alguém lembra o
lugar onde estacionamos?
Ninguém. Um milhão de carros
num estacionamento todo
uniforme.

Me desesperei, e depois de
procurar o carro alugado por
meia hora em vão, me aproximei
de uma funcionária, uma senhora
fantasiada de escoteira, e
com a voz embargada e meu
inglês que parou no verbo *to
be* perguntei como acharia meu
carro. Ela imediatamente tirou
um mapa do bolso e perguntou
a hora que eu cheguei. Munida
dessa informação, apontou no
mapa e me disse placidamente:
"Seu carro só pode estar aqui."
Estava.

Chegamos na casinha, fizemos
um macarrão com carne moída
e salada para recuperar
os sentidos gustativos e
desmaiamos os quatro, exaustos.

THE LINE STOPS HERE

Behind the yellow line II

O segundo dia foi bem mais calmo. Fomos num parque mais vazio, conseguimos almoçar num fast-food japa e de quebra encontramos coleguinhas da escola dos garotos, o que os deixou felicíssimos!

Tirando uma pequena discussão que eu tive com o Pato Donald, que não quis tirar foto com meu filho pequeno, tudo correu bem. E claro, com o local do estacionamento devidamente anotado.

Convidamos a família que encontramos para jantar na nossa casa, fizemos uns cogumelos e tomamos umas cervejas. Estávamos satisfeitos e menos cansados.

Seguimos alternando dias intensos em parques e outros fazendo compras.

A entidade consumista ataca muito agressivamente quando você entra num shopping e percebe que as roupas custam um terço do que se paga aqui. E tem os jogos de videogame, o laptop, o celular novo, o microfone wireless pro pai cantor, a maquiagem profissional pra mãe atriz, e assim seguimos.

A família dos amiguinhos da escola era ótima e fizemos alguns programas juntos, entre eles, um restaurante bom e com preço justo que virou nosso point habitual quando ficávamos com preguiça de cozinhar em casa.

Adorei os parques dedicados ao cinema, tivemos um dia gostoso num parque aquático escorregando em enormes tobogãs; o pequeno se encantou com a baleia e os golfinhos enquanto o grande comentou que eles seriam bem mais felizes se morassem no mar.

Me joguei de montanhas-russas radicais, o pai venceu sua claustrofobia em elevadores do terror e simuladores da Nasa, abraçamos o Pateta com vontade para tirar foto e deixar o pequenininho muito feliz, com o sorriso colado no rosto

Enfim, éramos quatro crianças! Tudo bem que em determinados momentos aquilo tudo me deixava meio tonta, sobretudo a música do idioma, com aqueles funcionários estressados por trás do sorriso congelado gritando "*behind the yellow line*" a cada dedinho do pé que cismava em encostar na porra da linha amarela.

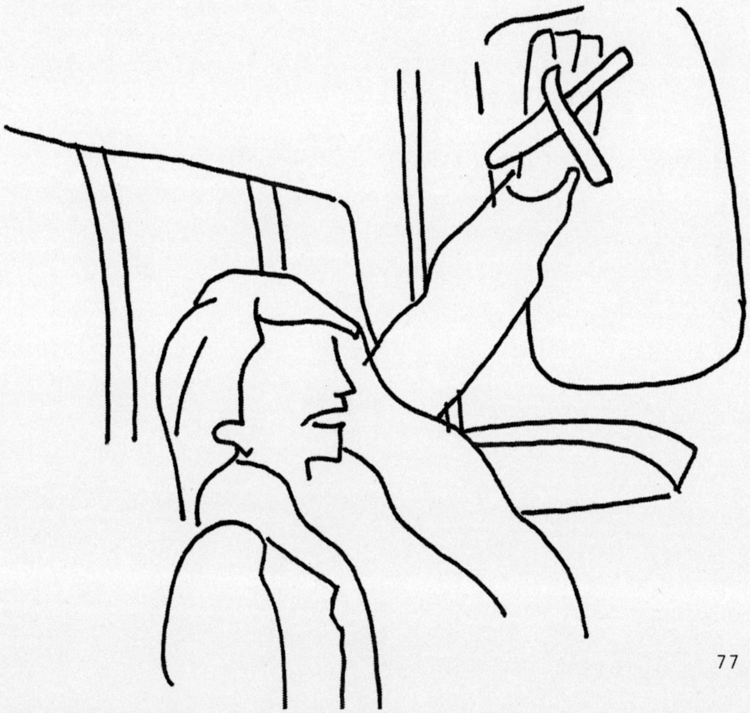

No último dia fomos a um parque que fechou três horas antes do previsto, o que deixou o mais velho arrasado por não ter ido à montanha-russa que ele mais queria ir.

Fomos ao guichê de reclamações e, gaguejando num inglês de mierda (muito arrependida de não ter insistido no Ibeu), explicamos a situação. O funcionário disse que não podia fazer nada. Aí a gente deu uma estressada. Em português mesmo. O funcionário entendeu imediatamente, respondeu "ok", e nos deu três horas de parque no dia seguinte.

Aprendi que o melhor mesmo é ficar puto na sua própria língua.

A sensação que dá durante toda a viagem é que tudo é uma mentira muito bem contada. Além de altíssimas doses de cafonice. Nada é mais cafona do que as princesas da Disney. Como eu agradeci por ter dois meninos durante essa viagem!

No último dia resolvi passar no supermercado do início, atrás do Atari vintage que eu exemplarmente não comprei na chegada. Tinha acabado. Burra eu. Tenho muito que aprender sobre consumo, aproveitar o momento da compra.

No aeroporto, fazendo o check-in da volta, despachamos as malas. Três no total. A atendente da cia aérea perguntou: "Só essas?" "Sim", eu respondi. E ela chamou outras três funcionárias para verem um caso inédito. Quatro brasileiros para três malas. Eu, metidérrima, disse: "Viemos nos divertir, não fazer compras."
Mas bem que eu queria aquele Atari.

Brigadeiro

Acabaram com os brigadeiros
enroladinhos.

Agora em toda festa infantil tem aquele brigadeiro mole, em um copinho ridículo e antiecológico.

E uma colherzinha que mais parece um palito.

Quem inventou isso?

Uma coisa que já estava resolvida. Pega a bolinha, põe na boca e acabou.
Sou contra o brigadeiro de copinho.

O bolo e as bolsas

Chegamos na festa.

Casona dessas que você vê que passou por um decorador profissional. Homens bebendo ao fundo, num conjunto homogêneo, e mulheres reunidas em torno de uma grande mesa de madeira maciça.

Eu e ele ficamos alguns segundos parados na porta sem saber para onde ir, até que chega a dona da casa, belíssima. Elogia meu vestido (ufa, acertei), indica o grupo masculino para ele e me conduz docemente à távola feminina.

Elas falavam sobre pessoas.

Nomes e sobrenomes. Deviam ser importantíssimas, pois todas conheciam cada figura citada. E a cada nome repetiam em uníssono:

— Ah, essa é maravilhosa.

— Ele é inconfundível!

E eu fiquei ali, semi sorrindo, tentando me inteirar sobre aquele assunto. Seriam escritores?

Filósofos? Talvez arquitetos ou decoradores? Que angústia. Depois uma delas disse que tinha comprado cinco daquelas figuras importantes de uma vez só. Comprado.

Nesse momento fiquei confusa, depois compreendi, atrasada. Eram bolsas. As pessoas eram bolsas. As bolsas têm o nome das pessoas que desenharam as bolsas. Eram grifes.

Me levantei. Escondi minha bolsinha jeans debaixo de uma almofada oriental e fui atrás dele. Segui por um grande jardim, esbarrei em dois garçons e peguei um espumante. Não tinha cerveja.

Avistei-o cabisbaixo, com um ar levemente chocado. Ele me viu, pediu licença na roda e veio em minha direção com algum desespero em sua fisionomia. Senti que o estava salvando.

— Não dá! — ele desabafou.

Éramos dois solitários num gramado verde. Tava dureza o entrosamento. Não sentia isso desde a escolinha de ginástica olímpica, no Fluminense.

Sentamos numa pedra artificial e investimos nos comes e bebes de altíssimo nível e pequeníssimas porções. Cada pratinho lindo, mas a fome sacia mesmo depois do décimo terceiro, décimo quarto potinho fofo.

A amizade com um amigo ator, que estava de garçom, foi fundamental para incluir nossa pedra no percurso das iguarias.

Primeiro foram três potinhos de 50 gramas de bobó de camarão. Depois mandei duas porçõezinhas da Barbie de arroz de pato, intercalei com meia dúzia de mini pratinhos de penne ao sugo. Arrematei com duas saladinhas e guardei espaço para o doce.

O bolo era um evento a parte. Lindo, estampado e exuberante como nunca achei que um bolo pudesse ser. Estava no centro de outra bela mesa, situada numa outra linda sala CASACOR. Imponente, seguro, dono de si. Nem sei pra que convidados, o bolo bastava.

Me aproximei cuidadosamente da mesa. Nos olhamos, eu e o bolo. Ele tinha seu ar de superioridade, como quem está no lugar certo.

Me olhava com aquele sorriso doce demais, enjoativo, quase cínico. Reparou no meu vestido repetido e nas minhas unhas sem esmalte. Bolo escroto, bolo soberbo.

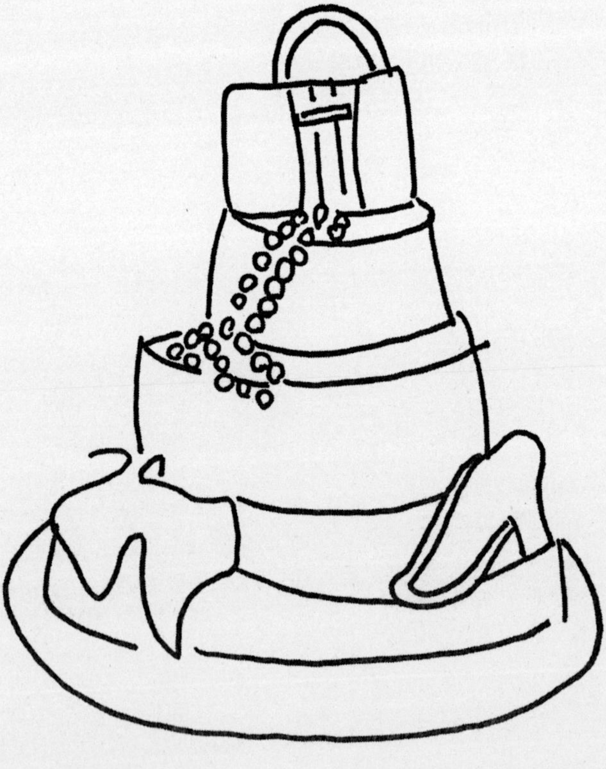

Então uma mulher desconhecida se aproximou.

— Lindo esse Constância Jacques, não achou?

— Quem?

— O bolo.

— Ah...

O bolo tinha nome e sobrenome também. Era primo das bolsas.

Caminho de volta

Saio de manhã da Barra da Tijuca em direção à Lapa para minha aula de teatro.

Sigo pela Floresta, atravessando a cidade pelo Alto, Paineiras, Santa Teresa, Centro. Estaciono o carro beirando o muro do Convento das Carmelitas e desço o restinho da ladeira a pé. Ai, andar a pé!!!
Chego nos Arcos.

Na primeira esquina dou um bom dia pra moradora de rua que já virou minha conhecida, esbarro com um grupo de estudantes indo pra escola, trabalhadores, moradores da área e um restinho de boêmios encerrando a noite às nove da manhã.

Padaria, pão na chapa, média de café preto. Como é bonita a vida real!

Que poesia existe numa padoca com pequenas rusgas na parede, açucareiro grande, copo de vidro pra tomar café.

Nenhuma academia, nenhum shopping no meu campo visual, nenhuma Yogoberry com luminárias fosforescentes, os letreiros todos escritos em português!

Todo o meu corpo respira aliviado, identificado, integrado ao lugar. Subo as escadas do sobrado, a música já vem linda lá de dentro.

Lá vou eu!

Bicho Doméstico
(ou não aprendi dizer adeus)

Sempre tive bicho doméstico. Sempre. Desde que tenho qualquer consciência da minha existência, havia ali na minha convivência íntima um animal.

Uma casa com quatro crianças e um quintal grande foi a desculpa para inúmeras espécies. Cachorro, gato, pinto, peixe, tartaruga. Meu pai de bom humor era capaz de arranjar até um cabrito se insistíssemos muito.

Aos nove anos, quase emplaquei um macaco com a conivência do meu tio. Foi a única vez que minha mãe, sabiamente, vetou:
"Se entrar o macaco, saio eu!" Optamos por ela.

Ao todo, e ao longo de vários anos, foram oito cães, três gatos, um aquário, dois cágados e uma meia dúzia daqueles pintos que davam de graça na feira. Um virou galo, uma fera. Fugi dele dentro da minha própria casa durante seis meses até seu desaparecimento misterioso. Acho que virou churrasco na festa da cumeeira da casa vizinha.

No meio de toda essa convivência, confesso que tive meus preferidos.

Aqueles cujo desaparecimento
foi doloroso. Porque ter bicho
é conviver com a perda. O galo
eu nem liguei, confesso

Mas teve o Bareta, que já
existia quando eu nasci e
morreu velhinho junto com o
final da minha infância.

E a Sabrina, nossa siamesa
temperamental, com nome de
pantera e um nó na ponta do
rabo. Quando ela se foi eu
estava na casa do meu primeiro
namorado e minha mãe, recém-
separada, ligou aos prantos pra
me contar. Como se a gata fosse
um restinho de outros tempos.
Na verdade, era

Logo uma amiga me ofereceu
outra gata. Ganhou do namorado,
mas detestou o presente.
Peguei. Nem perguntei pra minha
mãe, mesmo ainda morando com
ela.

Cheguei em casa e joguei aquela bolinha persa e ruiva no sofá. Demorou 37 segundos para ser aceita. Sofia era o nome dessa gata, que teve crias três vezes, uma atrás da outra. Na última eu fazia uma peça medieval; elenco grande, teatro universitário. Cada colega levou seu exemplar felino pra casa, batizados com nomes de Artur, Guinevere, Lancelot, Morgana... por fim, resolvemos castrar a bichana.

Elenco grande é coisa rara depois que a gente precisa viver de teatro. Eu já não tinha para quem distribuir filhotes. Sofia partiu porque quis, foi aos poucos se mudando para uma casa vizinha. Respeitei.

Depois que meu irmão foi morar sozinho, viramos uma casa de mulheres, e nessa época um conhecido nos ofereceu a Bruna Lombardi. Era uma Dinamarquesa cinza chumbo com os olhos amarelos esverdeados.

Uma fêmea gigante e dócil para nos proteger. Só em se colocar de pé já assustava, o latido fazia tremer as paredes, mas de temperamento era irmã do Scooby Doo, o do desenho animado.

Quando a minha mãe decidiu morar num apartamento, eu estava construindo a minha própria casa e levei comigo aquela cã, que mais parecia um potrinho solto no jardim.

A Bruna saiu de casa pra casar, junto comigo. Acompanhou a construção subindo, ficou amiga do mestre de obras. A Bruna conheceu meu pai. Quando ela adoeceu do coração, minha mãe estava dando aula de biologia na faculdade de veterinária, onde havia uma clínica-escola. Internamos ela lá.

Seu coração muito expandido era objeto de estudo; ela era atendida por professores e alunos.

Depois que morreu, ao invés de levar seu corpanzil para enterrar em casa, achei por bem doá-lo para aquela escola. Existia essa opção e eu, filha e neta de cientista, achei normal. O que minha mãe jamais perdoou, alegando ser obrigada a passar de olhos fechados pela sala de anatomia para não se deparar com Bruna Lombardi e seu imenso coração raro deitados na maca.

Depois veio o gato Cebola, quando eu já vivia em dupla. E ele foi o primeiro ser que dividimos, antes das crianças. Chegou com a gente na casa nova, enlouqueceu com as caixas da mudança. Me fez uma companhia imensurável durante minha primeira gravidez, lá longe naquela casa, com o pai tendo que trabalhar em dobro

Uma noite, Cebola passou mal em casa e foi para o jardim. Demorou a voltar e eu não fui atrás. Sua morte me pegou ocupada demais com o nosso bebê que tinha acabado de nascer. Eu não percebi que o gato tinha sido envenenado; talvez se tivesse levado às pressas na clínica 24 horas… acho que fiquei mais culpada do que triste.

Já na minha segunda gravidez tivemos a ideia clichê de dar um cachorrinho para o mais velho. Ele rapidamente escolheu o nome, Mancha, por causa da única pinta marrom no corpinho todo branco do Boxer.

Era lindo de chamar a atenção e muito amigo das crianças. Sabia jogar futebol e tomava banho de chuveirão. Um dia encontrei o meu bebê engatinhando para dividir com ele a água do pote. Mancha ficou doente de repente, morreu antes dos cinco anos

Me pegou em turnê, longe de casa, e o pai tocando em outra cidade.

Ouvir o menino do outro lado da linha soluçando de tristeza e não poder dar um abraço, um colinho, dilacerou meu coração. Cheguei no dia seguinte, fizemos um enterro no jardim. Os meninos decidiram convidar os vizinhos, transformando aquilo num ritual.

O pequeno construiu uma cruz com dois galhos e um rolo inteiro de barbante e a fincou na terra, dramático. O grande quis escrever uma carta de despedida.

Apesar da imensa tristeza dos garotos, aquele enterro virou um acontecimento entre as crianças da rua. "Tomara que meu passarinho morra amanhã!", deixou escapar um amiguinho mais empolgado com o ritual de despedida.

Foi como um gurufim improvisado. A essa altura eu estava pela primeira vez experimentando a vida doméstica só entre humanos, quando a vovó apareceu com uma cachorrinha abandonada.

Tinha sido encontrada muito machucada e agora, depois de curada, estava para adoção.

As crianças imploraram! Fui coagida a conhecê-la e aceitei, reconhecendo neles o truque que eu usei a vida inteira com meus pais: primeiro aparece com o bicho, depois pergunta se pode ficar com ele. Dessa vez quem deu o nome fui eu.

Numa inspiração repentina, olhei para aquela magrela amarela com os olhos mais doces do mundo e batizei de Manteiga. Descobri que vira-lata é o cão mais evoluído que existe.

No início deu muito trabalho. Ainda sem entender que tinha uma casa pra chamar de sua, Manteiga era uma fujona. Perdi a conta de quantas vezes saí de carro à sua busca, com os meninos ansiosos no banco de trás. E depois aliviados, de volta pra casa, com a cachorra imunda emporcalhando o estofado.

Manteiga se mudou com a gente para as Laranjeiras. Demorou uma semana para se adaptar à vida de apartamento, muito mais rápida do que a gente.

Adorou morar dentro da sala de casa. Abriu mão do quintal tranquilamente e nos levava para passear na rua no mínimo três vezes por dia. Socializou a família com a vizinhança, foi nossa relações públicas canina.

Arrebatou uma legião de fãs, me deu uma nova identidade. Aqui na minha rua eu sou a dona da Manteiga.

E agora, doente, parada no cantinho dela, me ensina a elaborar a perda, mais uma vez. "Não tem muito o que fazer", explicou a veterinária, "talvez seja o caso de abreviar seu sofrimento".

E estamos nós aqui, tentando entender a hora de decidir o ponto final. Meu irmão garantiu que eu vou perceber. "Uma hora eles se entregam, você vai saber."

Dessa vez é a última, juro.

Passageira

Há dois anos vendi meu carro.

A crise. E todo um contexto em volta te olha penalizado depois que você decide que não quer mais esse símbolo de status e ascensão social. Coitados, tiveram até que vender o carro. Pois eu afirmo: é uma libertação.

De cara, posso dizer com segurança que vinte e cinco por cento da burocracia da minha vida adulta foi embora junto com meu Fiat Idea.

Não tenho mais IPVA, nem vistoria às oito e vinte e cinco no Cebolão.

Não me relaciono com a Sulamérica.

Não faço mais aquele exame médico de mentira

Não fico procurando vaga por quinze minutos, arriscando perder o filme, e nem vou fazer trinta horas de aula pela internet para renovar minha carteira.

Não preciso mais negociar com o guardador, não me preocupo se parei longe nem se vão arranhar minha lataria. Não sei onde estão os pardais, o preço da gasolina, o valor da multa.

Não vou precisar fazer rodízio de pneus e nem verificar a suspensão. Me lembro do prazer que senti ao assinar o último documento. Depois de vinte e poucos anos de uma relação conturbada, me separei do Detran.

De todas essas mudanças, sair da caixa refrigerada e protegida com insulfilme foi a mais interessante.

Me joguei no transporte público como não fazia desde a adolescência. Eu tinha me esquecido como as pessoas são interessantes. Os desconhecidos. As pessoas comuns. Eu sou comum, sou mais uma. Eu faço parte da cidade.

Eu preciso me levantar quando chega um velhinho, eu entro na fila para recarregar meu cartão, eu já aprendi que pra pegar o BRT direto do metrô tem que subir pela plataforma C.

A vida sem carro te joga na multidão sem delimitar um espaço especial só pra você. Eu, no transporte público, não tenho privilégio algum, a não ser que estivesse grávida, ou daqui uns vinte anos, talvez, se não acabarem com o passe livre junto com a aposentadoria.

A vida de transeunte, de pedestre,
de passageira, pode ser bem divertida.
Sobretudo se tem lugar para sentar.

No metrô, por exemplo. Impossível andar mais de quatro estações sem a oportunidade de um pequeno show.

Tem de tudo: voz e violão cantando MPB; tem uma turma do chorinho, que fica no instrumental; e, ainda, jovens dançarinos de hip hop, que preferem o horário mais vazio, onde o vagão vira uma pista em movimento ao som de um *bit muderno* vindo de uma caixinha JVC.

Depois do show passam o chapéu, o gorro, a caixa do cavaco, dependendo do artista. Quando eu tenho um trocado eu dou. Me identifico com eles. Penso que na crise o artista é o primeiro a se reinventar, me dá até uma vontade de chorar, essa resistência. E eu fico com pena de quem não tem essa alternativa, fazer um show no metrô.

E tem as pessoas silenciosas. As que entram com seus pensamentos secretos, o olhar absorto. Eu reparo. Reparo muito. Se eu pudesse passaria o dia só prestando atenção e alimentando meus devaneios. Sim, meu pensamento voa, cria histórias inteiras para um rosto eventual que me chama atenção

Semana passada a moça arranjou um lugarzinho no canto e sentou bem na minha frente, alguns corpos entre nós. Abriu a mochila, tirou seu celular, leu uma mensagem ou viu uma foto e começou a chorar.

Quietinha, escondida dela mesma, chorando. Eu fiquei de longe, uma vontade de dar um abraço

No meio do choro entrou um velhinho, a moça levantou e cedeu lugar. Quem será que faz chorar uma moça capaz de ceder seu lugar no meio do seu choro? Por que não fizeram uma cadeira especial para quem precisa chorar sossegado no metrô?

Outro dia sentei de frente para uma mãe, sua filha e a filha da filha. A mãe devia ter a minha idade, a filha aparentava ter saído da adolescência com a chegada daquele bebê. Tinha tanta força naquele trio

A mãe parecia estar indo para o trabalho, a filha, de uniforme da rede pública, ia deixar a menininha na creche antes de ir pra escola. Deve ter retomado os estudos depois de ser mãe adolescente. Fez questão de seguir seus planos mesmo com aquela responsabilidade. Deve ter sido o apoio da mãe, que de tão jovem provavelmente foi mãe adolescente, como a filha. Seguiam, as três, juntas.

Duas estações depois, em Botafogo, entrou uma senhora. Uns setenta anos, gorduchinha, agarrada na bolsa. Entrou, sentou-se e eu reparei. Um sapato diferente em cada pé! Duas sapatilhas, chiquezinhas até. Ambas combinavam com a roupa que ela usava.

Fiquei alguns minutos da viagem ocupada com aquela questão. Será que ela percebeu? Será que na dúvida entre qual usar resolveu assim, uma em cada pé? Ou ela nem tinha reparado? Teria sido um erro ou ela fez de propósito? Estaria a senhorinha se divertindo às custas de pessoas caretas como eu, que insistem em calçar sapatos iguais mesmo querendo seguir vários caminhos? Talvez. Ela saltou logo.

Uma pena. Quantas coisas teria me ensinado com seu desprendimento. Decidi que daqui uns anos quero ser essa senhora.

E ainda vivo os encontros. Os conhecidos. Sim, por duas vezes nesse mês foi no metrô que eu resolvi afetos atrasados. Um amigo querido da faculdade, nove estações de conversa e duas boas ideias.

E ontem, minha afilhada. Linda, trabalhadora, na fila do bilhete. Rimos juntas, nos abraçamos no vagão, retomamos os planos da peça que queremos fazer. A gente nem quis sentar quando vagou espaço, surfando que estávamos naquele trem.

Ao nosso lado uma mulher se divertia segurando sua sacola de plástico, que ficou presa pelo lado de fora em Copacabana e agora só ia abrir daquele lado de novo na Cinelândia.

Cheguei na minha praça, ela seguiu para Tijuca. Peguei o ônibus de integração e mergulhei no meu mundo particular.

Instante

Filha, só é bom
quando eu acordo.

Assim que abro
os olhos.

Alguns segundos.

Então eu lembro
que estou doente.

Quando meu pai morreu

Quando meu pai morreu, eu queria que ele morresse logo. Aquela agonia, aquele se desfazer aos poucos era um nó dentro de mim. Um dia cheguei na sua casa e ele tinha tirado a barba. Apareceu um rosto magro e cinza. Meu pai estava muito mais triste do que no dia anterior.

Depois de vinte anos barbudo, ele tirou a barba e encontrou outra pessoa. Fiquei com a sensação que aquele tinha sido seu último ato de esperança: quem sabe por detrás da barba ele não estivesse mais jovem, menos doente.

Depois que ele morreu, já no dia seguinte, a sensação ruim da sua ausência era tão grande que eu queria que ele voltasse mesmo magrinho, mesmo sem barba. Um misto de saudade e culpa.

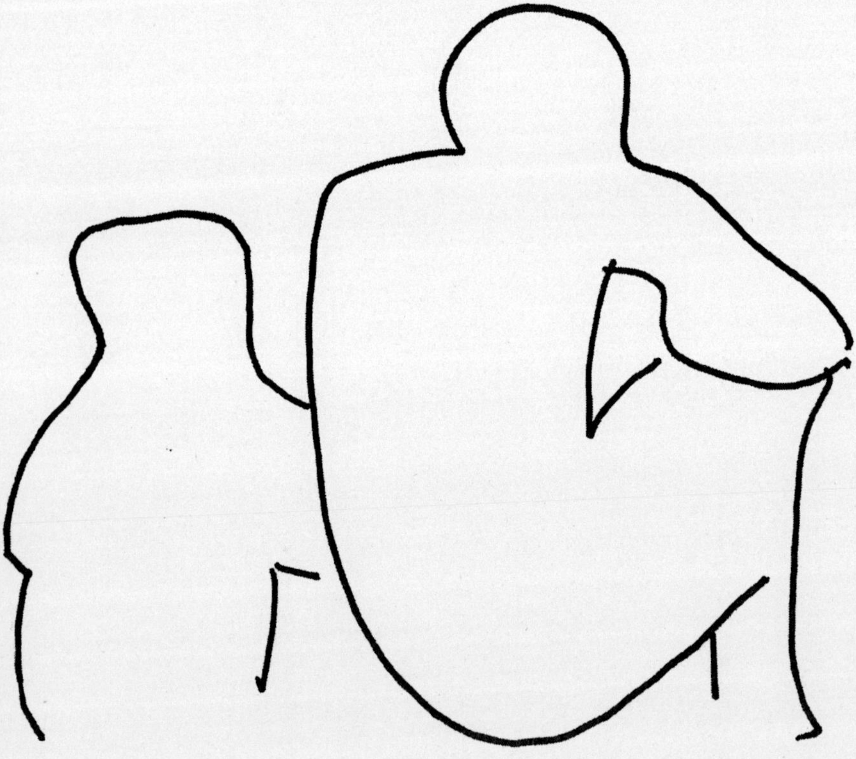

Fiquei ainda um bom tempo com o ímpeto de pegar o telefone e ligar pra ele, fazer um comentário qualquer ou combinar um almoço no dia seguinte. Uma vez, numa festa, chorei copiosamente porque uma amiga abraçou seu pai.

Filho

Filho é uma coisa muito engraçada.

Fico olhando eles crescendo e tento descobrir o que é meu, o que é deles e o que é do mundo.
Criar filho é muito doido e ao mesmo tempo tão simples.

É coisa assim de todo dia.
Quando vê, já ensinou. Até o que não queria ensinar.
Aí eu penso que tenho que ser uma pessoa legal. Que as crianças estão olhando.

Filho ajuda muito a gente a ser uma pessoa melhor.
E mais corajosa. E mais medrosa também.

E a gente ganha poderes quando chega o filho. E fica chorona.

E pensa como seria difícil a
vida sem os filhos. E como
seria mais fácil a vida sem os
filhos.

E cada um é de um jeito.

A gente ensina igual, mas cada
um é ele só.
E quando parece complicado eles
resolvem. E quando tá fácil
eles complicam.

E não adianta olhar
lá na frente.
É coisa assim de
todo dia.

Tem que esperar
dar defeito para
consertar. Tem que
esperar a pergunta
para responder.

E é cada pergunta!

Filho é uma coisa
muito engraçada.

Sinônimos e sentidos

Responsável. Era o que estava escrito no crachá. Preguei o dito cujo na blusa e fiquei aguardando no pátio da escola; tinha chegado cedo pra reunião.

Sentei num banco debaixo do pé de tamarindo com aquela palavra colada em mim. Responsável pode ser um elogio, uma culpa, uma função. Um substantivo ou um adjetivo, depende do contexto. Ali, no caso, responsável era substantivo feminino. Eu, a mãe.

Enquanto esperava entrei no dicionário virtual: três sentidos e mais de vinte sinônimos. Lembrei de quando senti pela primeira vez o peso desse verbete.

Uma sensação que atravessou meu corpo recém-costurado da cesárea. Foi no dia que chegamos em casa, vindos da maternidade, os três.

Coloquei o bebê na cama, aquele pacotinho se mexendo, e fiquei olhando minutos a fio. É comigo, eu pensei. Agora é comigo. E chorei litros.

Depois veio a lida, e tudo foi virando dia a dia. Quando eu vi, já tinha dado centenas de banhos. Trocado milhares de fraldas. E as coisas foram se resolvendo, se modificando. A gente ia dando um jeito, revezando aquele bebê mochila. Leva pro ensaio, bota pra dormir no estúdio, dá almoço no camarim.

E o que parecia enorme, era dividido em muitas parcelas de afazeres. Infinitos afazeres! A gente vai sendo responsável e irresponsável aos poucos e tenta dormir nos intervalos.

Lembrei de uma noite que eu tinha uma festa pra ir e um bebê pra amamentar. Ainda naquela fase que não bebe nem água. E eu queria tanto ir, uma saudade de dançar, ver as pessoas.

Tirei meu leite por cinquenta minutos, na cozinha da casa da minha mãe. Na hora de passar para o recipiente deixei derramar tudo, sem querer. Sentei e chorei. Aquela tarefa, aquela incumbência. Nunca mais eu vou sair à noite, pensei.

Mas fui, ela quase me obrigou. Dei de mamar, passei um batom e saí. Aos poucos também ia voltando a ser eu. Uma outra, na verdade.

— Será que a minha vida vai voltar ao normal? — perguntei num telefonema pro meu irmão.

— Vai — ele respondeu.

— Vai ser uma vida normal, com filho.

Nós rimos. E ficamos conversando um tempão, eu e ele, que até me esqueci do menino. Quando olhei estava adormecido no chão, em cima do tapete.

Uma vez precisei levar comigo pro teatro. Vesti nele um macacãozinho preto e deixei sentado na coxia. Um mini contrarregra, de chupeta.

“Tá arriscado a criança entrar em cena”, alguém falou. “Já expliquei que não pode de jeito nenhum”, respondi.

Não entrou, mas por duas vezes tirou a chupeta da boca e me chamou. Em cena, escutei sua voz. Depois, aprendeu a esperar os aplausos pra fazer barulho. Ou pra poder voltar por trás do palco, para os camarins.

Feito aquela vez em Brasília, ele com uns sete ou oito. Botei pra assistir da plateia, a bilheteira deu uma olhada pra mim. Nos agradecimentos eu o vi dando a volta, e assim que a cortina fechou ele entrou pela lateral do palco e me abraçou, aos prantos. “Não quero mais ver quando for triste”, me disse. “Está bem”, prometi.

Depois tivemos mais um. Quando o mais velho já sabia fazer seu Nescau sozinho. "Uma irresponsabilidade outro filho, gente!", brincou um amigo, felicíssimo com a notícia. Esse veio sem pausas. Trabalhou na minha barriga, até pertinho de nascer.

Viajei pro Festival de Teatro em Minas, grávida, enjoando nas curvas. Obrigando o motorista da van a parar a cada meia hora.Depois que nasceu fez uma temporada inteira comigo em São Paulo. Eu voltava rápido do teatro para o hotel e amamentava ainda de maquiagem.

No segundo filho eu quase não escapei de mim. Consegui me manter firme no esforço de não me abandonar. Mesmo assim ainda sinto saudades.

Saudades de ficar
sozinha quando estou
com eles, saudades
deles quando sou só eu.
A vida normal com
filhos é assim, acho
que pra sempre.

Mais alguns minutos e me chamaram.

Entreguei o crachá na secretaria antes de subir. A reunião era sobre o caçula, que anda trocando as letras. Pê com bê, éfe com vê, tê com dê. Combinamos, eu e a professora, estratégias e exercícios para ajudar a identificar os fonemas corretos. Uma das dicas é ler com ele um livro maior, dividido em capítulos. Ele lê um e depois me conta o que leu. Tarefa deliciosa de cumprir. Anteontem, depois de terminarmos um livro, virou-se para mim e disse:

— Mãe, o W na verdade é um M compositor, que estava com uma música na cabeça, tropeçou e ficou ao contrário.

Eu acho que eu nem lembro mais como era antes do M virar o W.

Azul dourado

Entrou no meu quarto, de pijamas. O corpo azul dourado, três folhas de caderno nas mãos.

— Fiz uma coisa aqui, queria ler.

E começou, meio tímido, meio corajoso, a ler sua poesia.

Sua música, me disse.

E os versos vinham ritmados, mostrando intimidade com as palavras, com a métrica.

E eu deitada na cama já tinha perdido o medo de não gostar.

Um sorriso que colou no meu rosto me denunciou.

O pai, que é desses que derrama à toa, segurava suas águas com firmeza.

E o menino lia, com o poder de
uma estreia, seus pensamentos.

Suas dúvidas e suas vontades.
Suas surpresas juvenis.

Do meio pro fim, desviou os
olhos do papel e encontrou os
nossos. Não sei descrever o que
ele enxergou.

Mas retomou rápido seu ritmo
e suas últimas ideias saíram
melodiosas, firmes e doces.

Acabou.

Ele de novo nos encarou, derramado como seu pai.

Lindo, uma luz azul em volta.

Então teve um abraço demorado.

De poeta com poeta.

E eu fiquei ali, sentindo aquela cena caminhar pelo meu pensamento e se alojar naquele espaço do eterno, do para sempre, das cenas inesquecíveis.

Como é lindo o desabrochar de um filho.

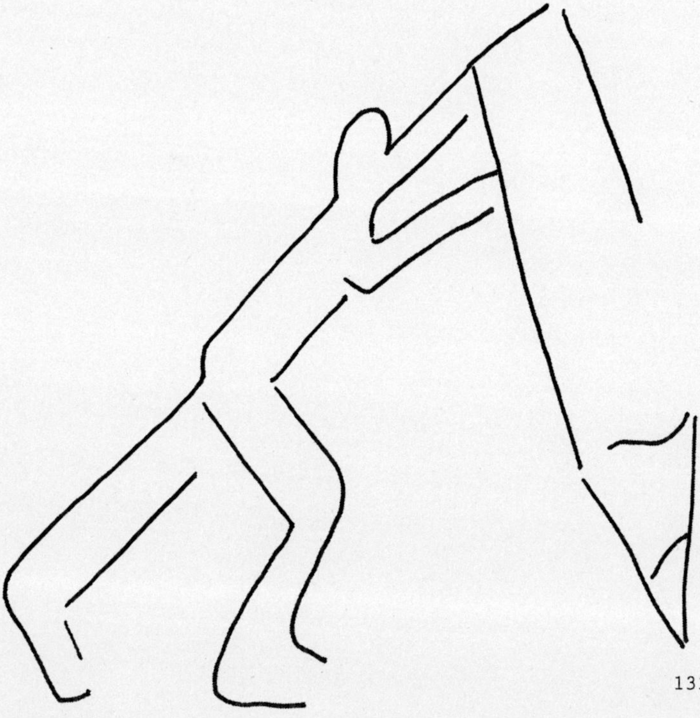

Eu não fiz nada

Eu deixei o meu filho na escola e passei na banca pra comprar um cigarro no varejo. Acendi e fumei, escondida de mim mesma, enquanto lia as manchetes do jornal que eu parei de assinar.

Do lado de fora as revistas expostas davam dicas para a casa e o jardim, a decoração do quarto do bebê, como manter a boa forma. Astrologia, guia de viagem, resorts, poder da mente.

Então eu ouvi um choro. Choro de criança, com certeza. Olhei em volta e vi do outro lado da rua, entre um carro e outro estacionado, sentado no chão, as costas apoiadas num dos pneus.
Um menino. Uns oito anos mais ou menos. Como o meu. Ele chorava de soluçar com o rosto entre os braços e joelhos. Atravessei a rua, sem pensar, num ato instintivo. Me aproximei.

— Aconteceu alguma coisa? Eu posso te ajudar.

E o menino me olhou, raivoso. E disse entredentes:

— Sai!

E eu fui embora.

Entressafra

Decorar o texto, a marca, chegar na hora pra ensaiar, sair correndo do almoço de domingo pro teatro, levar os filhos pra coxia, passar vários finais de semana longe de casa, em turnê, aeroporto, avião, mais duas horinhas de carro, hotel, montagem de luz, passa o figurino, esqueci a meia calça, corre que dá tempo, tenho três nomes pra lista, hoje vamos fazer duas sessões.

Isso é fácil.

Difícil mesmo é a entressafra.

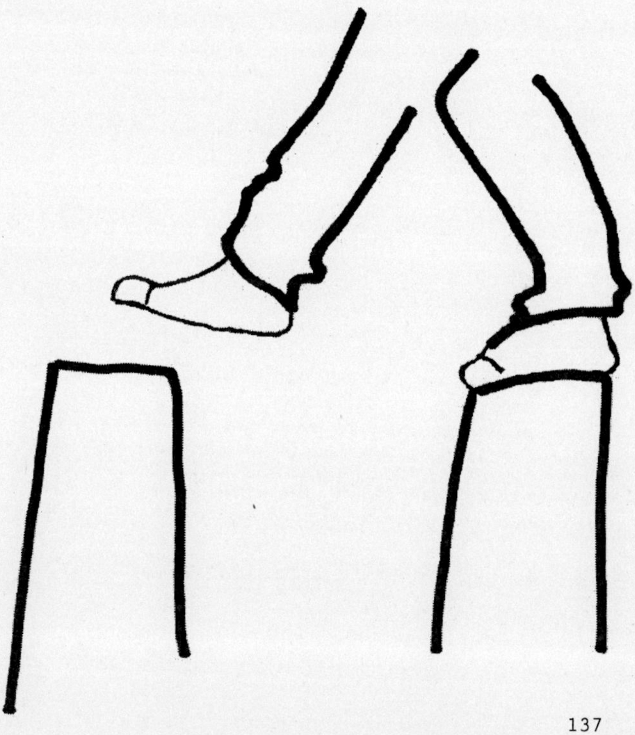

Beatriz

Eu tinha virado meu Kikito de cabeça pra baixo. Numa dessas entressafras longas. Próximo compromisso certo era lá na frente, uns três aluguéis entre um trabalho e outro.

E aquela estatueta dourada parada na prateleira, sorrindo, me olhando sem piscar. Impliquei. Não sei explicar muito bem por que, mas impliquei. E num rompante, talvez influenciada pelos festejos juninos, peguei o prêmio, amarrei pelo pé e pendurei. Tipo um Santo Antônio do campo profissional.

Ficou até bonita minha instalação. Ele pendurado numa pequena escada de madeira apoiada na parede. Por baixo, uma luz através de uma luminária de palha. Como um altar às avessas no canto da sala.

É que às vezes a vida prática, fora da fotografia, fica muito confusa. E isso de não ter religião (que graças a Deus, sou agnóstica) me possibilita criar diferentes rituais.

Raul Seixas por exemplo já cansou de me salvar de depressão pós-teste, seja entoando "Tente Outra Vez" aos berros para esquecer aquele longa maravilhoso que eu quase fiz, ou ouvindo "Mosca na Sopa" em *looping* enquanto reescrevo o projeto da minha peça para o quinto edital.

Tive também a fase de dizer sim para tudo, levando ao pé da letra a sugestão do roqueiro baiano, topando o que aparecia de trabalho. O que durou até aquele filme suspeito de roteiro duvidoso, quando eu disse um não irresponsável, mesmo no cheque especial.

Certa vez ligaram de uma revista. Eu tinha feito uma novela, então a repórter queria saber qual era meu próximo trabalho. E eu respondi "nenhum". E ela disse "como assim?" E eu disse "nenhum por enquanto, acontece, é muito comum". Ela ficou desapontada. Porque não pode falar isso, não pega bem.

Depois eu aprendi que tem que
dizer que está com um projeto
incrível para esse ano mas
por enquanto não pode contar.
Não importa se é verdade,
o que vale é a notícia, me
disse a empresária. A mesma
que me sugeriu peitos novos de
silicone.

— Vai ser uma mudança boa, você
vai ficar mais mulherão.

Ela devia estar certa, mas
eu preferi seguir com meus
peitinhos anos setenta e fechar
sozinha meus contratos.
Devo ter nascido na época
errada.

Senti isso anos atrás. Quando eu estava aprendendo o ofício, mesmo antes da universidade, fui um dia assistir à Cleyde Yáconis falando para jovens atores. Tive vontade de ser antiga, dos elencos grandes, das companhias. Uma peça atrás da outra, sem atravessadores. Sem precisar escrever a justificativa do seu projeto em 350 caracteres. Nem fazer vaquinha virtual. Porque não é um leão por dia. É a selva inteira.
E bem vestida!

Outro dia eu li a postagem de uma amiga. Atriz estupenda, cheia de estatuetas para virar de cabeça pra baixo. Ela dizia que estava felicíssima com a quantidade de coisas lindas acontecendo nas telas e nos palcos. As personagens incríveis que a cercaram no último ano. Só faltava conseguir fechar as contas do fim do mês.

Porque na vida cotidiana não tem permuta, artista não paga meia. E existem momentos que falta grana pra comprar o vestido da noite da premiação.

Mesmo assim a gente vai. Porque tem alguma coisa de dependência com essas pessoas que cercam esse ofício. Essas tábuas e essa poeira entranhada. Tem uma sensação inexplicável de alcançar cada pessoa do público que ri, que chora, que aplaude no final.

Houve um tempo em que me perdi. Angustiada com tudo sendo tão diferente do que eu pensei. Tão mais difícil. E enquanto chorava tentava me lembrar quando foi que abandonei a ideia de ter uma Kombi e sair por aí numa trupe.

Quando foi que os *videobooks* e telefonemas para produtores de elenco ganharam o espaço que tinham na minha vida. Desde quando eu quero sair na capa de alguma revista? Por que eu tenho que ir naquela estreia se eu prefiro ver a peça outro dia, sossegada, com meu casaco de moletom?

Não preciso. Aprendi com o tempo a separar o desejo dos outros do meu. A expectativa que cerca essa profissão, todo esse entorno e esse glamour de mentira. Isso de não poder falar a verdade para parecer super bem sucedida, para sair sorrindo na fotografia e postar no Instagram.

Depois dos quarenta é impossível não olhar para si, não perceber a urgência das vontades verdadeiras. Porque eu sou feliz é no ensaio, na busca, no caminho. Nas relações profundas que se configuram nas coxias. Nos amigos que me salvam depois da peça numa conversa de bar.

E semana passada, depois de uma noite sendo salva por amigos do tempo da escola de artes cênicas; de ouvir e contar histórias maravilhosas de turnês e elencos; de temporadas de sucesso e de fracasso; entrei em casa e desvirei minha estatueta dourada.

Porque no meio de tantos malabarismos para seguir vivendo disso, tem momentos maravilhosos. Tem alguém que de vez em quando sopra no meu ouvido: vai em frente, vai na sua.
Tem o inesperado.

O que me completa

E quando as férias merecidas aos poucos já se transformavam em desemprego e eu já vagava pelo meu jardim falando frases desconexas querendo por algum instante escapar um pouco de mim, chega o novo, o perigo.

E antes mesmo da brincadeira começar, já me sinto inteira, pronta para despedaçar.

Inconsciência

Quando acordou da cirurgia o médico lhe perguntou se ele lembrava o que tinha dito ainda sob o efeito da anestesia. Não se lembrava de nada.

E o doutor lhe disse que toda a equipe havia sido convidada, ainda no centro cirúrgico, para assistir à sua peça, que estava em cartaz até o final daquele mês.

É o teatro impregnado na alma, no inconsciente de quem vive para isso, ainda que não saiba muito bem o porquê.

Me lembrei imediatamente de Dulcina de Moraes, atriz magnífica que dedicou toda sua vida a essa arte efêmera e infelizmente morreu sem um décimo do reconhecimento merecido.

Luiz Carlos de Moraes, ator e sobrinho de Dulcina, com quem tive a honra de trabalhar, me contou um dia na coxia a seguinte história: Dulcina, já bem velhinha, internada no hospital, fora da realidade convencional, ensaiava um texto com as enfermeiras.

Ao receber a visita de um parente, o puxou para um canto do quarto, interrompendo o ensaio. "O texto é ótimo, o problema é que elas são péssimas atrizes!"

Ouvi essa história e meus olhos se encheram d'água. Compreendi imediatamente que não tenho como fugir do que está assim, tão impresso em minha alma. Porque o teatro, se formos pensar racionalmente, assim, na ponta do lápis, é inviável, é impossível.

Mas a vida para quem depende dessas tábuas, desse encontro e desse cheiro de poeira... a vida sem o teatro para mim é impensável!

Vende-se aplausos

Estou aqui, impregnada de aplausos e fazendo as contas do mês. Ah, se eu pudesse contabilizar cada palma (ou se pudesse me desvencilhar desse vício).

Essa noite tive um devaneio enquanto voltava pra casa depois do espetáculo: aplauso era moeda, era valor. Dava pra aplicar na vida prática.

Aquele som, aqueles rostos satisfeitos enquanto as mãos batem umas nas outras, aquele bravo que de vez em quando alguém solta.

Eu chegaria na escola das crianças e entregaria embrulhado um punhado de aplausos da temporada do início do ano.

Já garantiria seis meses de mensalidade.

Os aplausos do filme no final da sessão de estreia serviriam para fazer a feira. A minha participação foi pequena, mas daria para umas frutas fresquinhas e legumes orgânicos.

E poderíamos ainda ir guardando pequenas surpresas que uma temporada pode reservar para juntar todas no final do ano e viajar com a família, conhecer o mundo.

Eu iria à Paris depois de quatro aplausos em cena aberta e ainda ia sobrar um pouco pra tomar uns bons vinhos (aplauso em cena aberta não é moeda fácil).

Aquele abraço apertado de alguém do público que nem te conhece, mas te espera na saída só pra dizer que gostou muito, daria pra comprar lençóis novos, pois os antigos eu perdi na mudança.

Boas críticas encheriam meu guarda-roupa de vestidos coloridos ou quem sabe um sofá novo.

E a noite de ontem, com tanta gente querendo entrar, ingressos esgotados, e o público de pé aplaudindo até a mão doer, quitaria meu aluguel, adiantado, até meados do ano que vem.

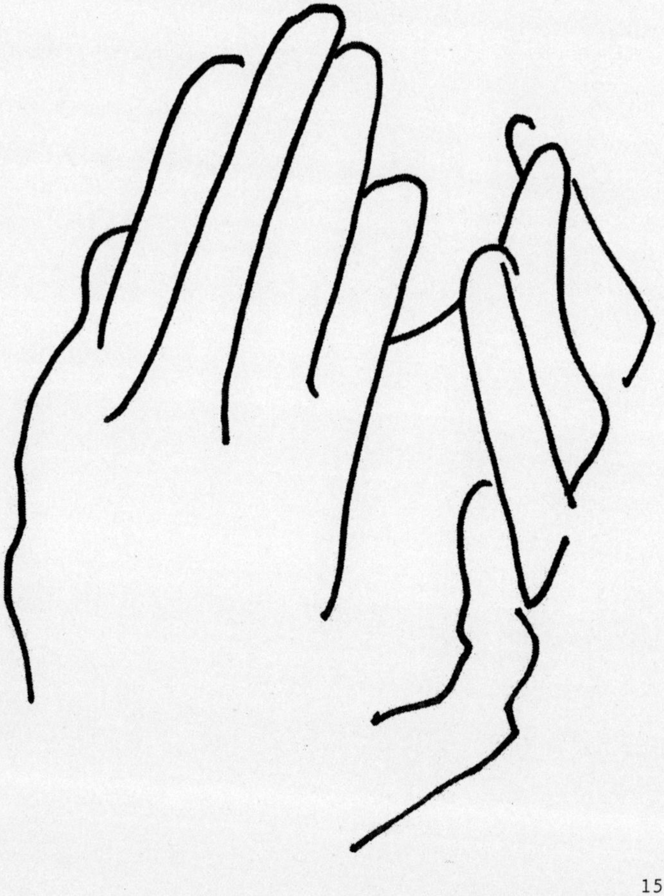

Registro de imóveis

Eu entrei na sala de registro de imóveis para cumprir uma exigência.

A vida adulta tem disso. Papéis e assinaturas, impostos e carimbos para provar que as coisas existem de fato. Para além da existência pura e simples. Uma existência documental.

Atrás de uma das mesas, um senhor me recebeu com um certo mau humor. Me sentei diante dele compreensiva: não deve ser fácil lidar com tantos papéis, tantos cidadãos.

— Boa tarde, senhor! Estou atualizando o registro da minha casa e me foi pedido um atestado de capacitação. Gostaria de entender que documento seria esse.

Ele me explicou que eu deveria comprovar que era maior de idade para o imóvel passar para o meu nome. Eu, que há mais de vinte anos não preciso provar que tenho mais de dezoito, mostrei a ele meus dados no documento. Nome, número de identidade e CPF, estado civil e profissão.

— Pois é, a senhora é atriz — ele me informou como se eu não soubesse. — Se ainda fosse outra profissão... mas atriz não me dá nenhuma certeza de que a senhora é maior de idade.

Falou isso assim, normalmente, como se fosse uma informação qualquer. E enquanto a expressão dele estava neutra, eu já sentia uma leve quentura nas bochechas.

— Mas eu estou diante do senhor, tenho quarenta anos, dois filhos, trabalho desde os quinze.

— Mas se a senhora tivesse outra profissão seria mais fácil, um médico, um engenheiro, a gente sabe que só maior de idade, mas atriz…

Nesse momento meu coração entrou no "modo segundo sinal" e com isso, provavelmente, a voz já estava naquela impostação fila J, porque eu comecei a falar e as outras nove pessoas daquela sala comercial na avenida Nilo Peçanha tiraram os olhos das suas pastas e arquivos e olharam para mim. Plateia.

— Então o senhor está me dizendo que por ser atriz não posso registrar a casa que construí juntando todos os cachês da minha vida? Que por ter escolhido essa vida incerta não tenho direito a nenhuma certeza? Nem com tanto esforço, tanta massa corrida que eu mesma espalhei pelas paredes? E aquelas janelinhas verdes que pintei uma a uma com meus amigos num mutirão? (Pausa)

— O senhor percebe o que está fazendo? Ele me olhou, espantado. E eu encarei cada uma daquelas nove pessoas, o público estava atento. Depois de cinco segundos retomei, a voz grave embargada, os olhos úmidos:
— Negando a minha existência!

Teve uma pausa longa nessa hora. Eu desci da cadeira sem me lembrar de quando tinha subido. Uma senhorinha puxou um aplauso e as outras oito pessoas acompanharam timidamente

Uma mulher me abraçou e disse que o filho queria ser ator e que ela apoiava muito, ao contrário do pai que era contra. Eu agradeci, peguei minha pasta de documentos para me retirar e o funcionário me interpelou, eu já quase na porta.

— Senhora, assina aqui por favor.

Assinei; ele carimbou e fez uma rubrica.

A casa é minha.

Dois mil e dezesseis

Ontem, uma menina que aparentava uns dezoito entrou no 422. Um senhor babão ficou olhando, encarando-a de maneira acintosa. Comendo com os olhos. Ela virou-se pra ele:

— Tá olhando o quê? Perdeu alguma coisa aqui? Parece que nunca viu mulher!

E o senhor se assustou, tentou intimidar a menina:

— Qual é garota, tá se achando. Tá afim de papo comigo posso te dar um papo.

E ela:

— Não quero nada não, quero que você fique na sua. E para de ficar me encarando que eu não tenho medo de você!

E o homem tentou mais uma vez desmoralizar a garota, que permaneceu de pé, onde estava, sem arredar um centímetro, demonstrando que realmente não estava melindrada.

Ele perguntou quem ela achava que era.

Ela respondeu que era uma mulher.

Aí outras mulheres interferiram, mandaram o cara ficar na dele ou então descer do ônibus. Várias mulheres quiseram ceder seu lugar para a menina, como querendo tirar ela de perto dele, mas a garota não arredou o pé.

Ficou ali, segurando o choro, valente, empoderada.

Uma desconhecida se levantou e ficou de pé ao lado dela, como uma protetora silenciosa.

E outra. E mais uma.

O homem desceu dois pontos depois. Não se criou ali naquele ônibus.

Quando eu saltei, em frente ao CCBB, virei pra menina, dei uma piscadinha e falei um parabéns baixinho.

Ela sorriu, passou as mãos nos olhos como que evitando ainda uma lágrima teimosa.

Uma cumplicidade de cinco segundos.

Sozinha e acompanhada

De manhã desci para tomar o café de sábado na feira e minha rua já estava em polvorosa. Vários vizinhos no percurso até a barraca de tapioca, já com camisetas pintadas e adesivos colados pelo corpo. *Ele não, ele nunca.*

Tudo bem que eu moro na rua mais democrática do bairro. Aqui tem feira, tem choro, tem carnaval. Além do carro do pão, da Kombi dos 30 ovos a dez reais, do vassoureiro e do comprador de ferro velho.

No nosso microcosmo todo mundo se cumprimenta na padaria, conversa nas escadas antigas tomando uma cerveja enquanto as crianças andam de bicicleta. Ocupar a rua é coisa comum.

Na volta do café da manhã meio almoço, esbarrei com os vizinhos do 502, já rumo à Cinelândia.

— Vocês vão?

— Eu vou — respondi. — Rodrigo vai ficar com as crianças.

— Quer vir com a gente?

— Vou daqui a pouco.

Agradeci e eles foram com antecedência. Subi, calcei o tênis, vesti uma calça jeans, combinei de encontrar uma amiga no metrô e saí. Na esquina, mais três vizinhas que ainda esperavam uma quarta descer me convidaram para o mesmo táxi.

E eu, já ansiosa, com a amiga me aguardando na estação, preferi não esperar.

Passou o 422 e eu entrei. E mais tantas mulheres juntas naquele ônibus. Parecia que todos os carros seguiam na mesma direção. *Ele não, ele nunca*.

Minutos antes de chegar à estação minha amiga avisa que decidiu ir direto, que arranjou uma carona, que a gente se encontrava lá. Saltei do ônibus e mandei um recado pro meu irmão.

— Já está aí? Estou indo pegar o metrô.

— Não vem de metrô — ele respondeu. — Tá lotado.

Trinta segundos depois me mandou outro recado.

— Vem de metrô sim, tá emocionante!

Entrei no buraco no Largo do Machado, sozinha, o coração já aos pulos. Muitas mulheres. Muita gente de todo tipo.

— Parece que os vagões estão chegando lotados — me disse uma desconhecida, com intimidade. E meu coração acelerou mais um pouco. De medo do metrô cheio; de felicidade do metrô cheio.

Chegou o trem. Cheíssimo. Entrei.

Me posicionei no cantinho, perto da porta. Três senhoras já puxaram assunto.

— Ah, minha filha, eu mesma não preciso nem votar mais. Mas e meu neto, que acabou de fazer dezesseis? Vai votar só nessa? Primeira e última? Não podia deixar de vir, não é?

— Que bom que a senhora veio — respondi enternecida, pensando que ela podia tudo o que quisesse a essa altura da vida, e mesmo assim estava ali, no transporte lotado, coladinha nas amigas, indo pra rua, todas de cabelos brancos. Minto, uma de acaju.

No meio de nós, um senhor desavisado que disse que estava indo para Saens Peña me perguntou se ainda estava longe e por que o metrô estava tão cheio assim no sábado. Na Glória ainda encheu mais um pouco.

— Fica tranquilo, ainda falta pra chegar na Saens Peña, mas na próxima estação vai esvaziar, o senhor vai ver.

Saltei. Saltamos na Cinelândia. Uma multidão que enchia todo o comprimento da estação comemorou a chegada do nosso trem. Parecia um reencontro. *Ele não, ele não, ele não!* ecoava naquele subsolo do centro da cidade. Eu que estava sozinha me senti abraçada pela multidão.

Aqueles cartazes de cartolina escrito com Pilot, as pessoas desembarcando; parecia chegada no aeroporto. Quantas amigas vieram me buscar! Subi as escadas rolantes com vontade de chorar. Três degraus acima e avistei duas conhecidas. Nos abraçamos e caminhamos juntas por alguns minutos, ainda dentro da estação lotada. Outra escada e emergimos na praça. Ufa, o céu! Respirei aliviada.

Segui sozinha me embrenhando na multidão até que avistei uma pontinha de um banco de praça dando sopa e subi. De pé, feito criança, só um pouquinho. E consegui olhar tudo em volta.

E eu chorei de tão acompanhada que estava. Era muita gente. Chegando de todas as ruas em volta. Uma multidão ocupava todos os espaços. De vez em quando um jogral. E a gente ouvia a predominância das vozes femininas. Tinha homens também. E algumas crianças.

Quinze minutos e conseguimos nos encontrar. Eu e a amiga que veio de carona. E mais outra amiga. Que encontrou dezenas de alunas, lindas, tão novinhas e tão fortes.

E eu vi uma senhora que subiu numa árvore para fotografar. E outras sentadinhas, acompanhadas das filhas. Encontrei uma professora querida. Depois chegou minha comadre. Passaram meninas tocando tambor, outras de perna de pau. *Ele não* era o grito mais forte e unia os grupos mais diversos.

Era isso que a gente estava fazendo ali. Negando qualquer retrocesso, qualquer preconceito. Mostrando ao país inteiro a força das mulheres.

Voltei pra casa ao anoitecer. Cansada, aliviada, preenchida. A rapidez das informações me jogou em São Paulo, Recife, Belo Horizonte, Salvador, Lisboa, Nova York, Paris. *Ele não* em todos os cantos do mundo.

Eu não sei o que vai acontecer. Se vamos optar pelo diálogo ou pela truculência. Mas me sentir acolhida nas ruas da minha cidade me deu alguma esperança.

Nós somos muitas e estamos juntas.

O choro indomável

Domingo eu chorei um choro
desconhecido, indomável.
Desses que assusta a gente
porque vem sem avisar, feito
um balde na cara.

Outras vezes isso já tinha me
acontecido. Isso de me deparar
com um choro que não parece meu.

Quando vi *O campeão*, do Franco Zeffirelli, foi a primeira vez que chorei assistindo a um filme. Acho que era uma *Sessão da Tarde*, ou um sábado meio morto, não sei.

Na minha memória é nítida a estranheza de estar ali de pé aos prantos, diante da televisão de 14 polegadas.

E enquanto aquele menino lourinho soluçava diante do pai morto, eu me olhava no espelho da penteadeira que ficava atrás da tv para me ver soluçando igual a ele. Chorando de verdade mesmo sabendo que era de mentira o filme!

Alguns anos depois, já criança leitora, catei um exemplar *de Meu* pé de laranja lima na estante de casa. Eu ainda não tinha ido muito além do *Sítio*, literatura pra mim era aventura, fábula, no máximo alguns perigos.

De repente eu ali envolvida com aquele menino sofrido e me acontece uma tragédia daquelas no meio da história. Logo com o Portuga!

Eu que estava deitada na minha cama de colcha amarelinha, levantei dilacerada com aquele acontecimento, caminhei em choque até o quarto dos meus pais chorando mais do que quando rasguei o joelho andando no carrinho de rolimã amarrado na Mobilete.

— Eu estou chorando por causa do livro — contei indignada. — Ninguém me avisou que era triste assim!

Uma vez me trocaram de escola. Eu não queria de jeito nenhum. Eu adorava meu colégio alternativo, com aulas de educação física no Parque Lage e festa do folclore no final do ano.

Mas acabaram me mudando mesmo assim.

"Porque está tudo meio difícil e um dos trabalhos do papai acabou. Nessa escola você vai ter bolsa, minha filha. E se você não gostar a gente promete que no ano que vem pode voltar", disseram.

Me resignei. Na segunda-feira depois do Carnaval eu estava naquele pátio imenso com crianças desconhecidas e uniformizadas.

Faltava ainda uns cinco minutos para o sinal de entrada e eu tentava me encaixar numa fila correspondente à minha nova turma.

Uma mulher de cabelos lisos e alourados se aproximou sorridente, como quem vem me ajudar a achar o meu lugar naquela pequena multidão.

Ela, então, delicadamente, puxou do bolso uma tesoura. Disse que no primeiro dia perdoava, mas na próxima vez ia cortar a bainha da minha saia curta. E que minhas meias não poderiam ficar assim, enroladas na canela.

Fiquei muda, sem reação. Senti que minhas bochechas ficaram quentes. Suspendi as meias e segurei o choro na garganta com força.

Não foi fácil segurar aquele choro assustado, até hoje me lembro do esforço.

É horrível ter que segurar. Mas tem hora que a gente não quer chorar. Na adolescência foi uma luta.

Eu querendo ser adulta e aquela revolução hormonal me jogando nas situações mais desconfortáveis, como chorar no meio da minha fala, eu de representante de turma no conselho de classe, na frente de todos os professores.

Ou quando minha professora de literatura mais querida pediu demissão e eu quase subi na mesa falando "*Oh captain, my captain*", mas não consegui e só chorei quieta.

E domingo eu não segurei. Depois do café da manhã fui votar com a minha mãe. Ela não precisa mais, mas faz questão. Eu queria ir caminhando, mas pra ela a caminhada é longa, então apanhamos um táxi.

Dessa vez foi mais rápido, não teve fila. Ela votou primeiro e sentou-se no banco do pátio da escola onde a gente vota pra me esperar. E então fui eu.

Dei bom dia, meu documento original com foto e meu título com um clipe segurando vários daqueles papeizinhos que comprovam que eu votei nas eleições passadas. “Esqueci de tirar os antigos”, comentei.

A mesária me olhou, levantou as sobrancelhas, ensaiamos um leve sorriso cúmplice. Botei meu indicador na biometria, tive que tentar o polegar. Entrei na cabine, votei, assinei e saí. Minha mãe sentadinha, me esperando.

E a avalanche me encontrou naquele pátio da décima sexta zona eleitoral, na sessão 184. Sentei e chorei feito criança.

As águas do mês inteiro que estavam presas para dar lugar a um otimismo que eu mastiguei e engoli devagarzinho, feito o último biscoito do pacote. Uma tristeza maior que minha capacidade de controlar

— Mãe, eu chorei assim quando vi a *Guernica* do Picasso ao vivo — comentei. E minha mãe que há tempos não cumpria essa função de me dar colo, me consolou.

Ex-carnaval

Esse ano não estou encontrando carnaval
em mim.
Mal me reconheço no espelho.
Nenhuma purpurina.
Ontem pintei as unhas de vermelho e
comprei um maiô dourado no camelô.
Mas é um pouco mentira.

Corrida de saco

Eu queria que tivesse um
campeonato de corrida de saco.
Mas ainda estamos em maio
e as festas juninas nunca
são antecipadas, só adiadas.
Julinas, agostinas, até
setembrinas já vi. Mas em maio,
nunca. E eu precisava tanto.

Porque eu nunca perdi.
Em toda a minha infância, entre
festas na escola, sítio dos
primos e a vila da minha avó,
eu venci todas. Todas!
Não tinha pra ninguém.

Uma vez, em Teresópolis, eu estava no meu sétimo brinde quando a dona da festa me pediu para parar de competir. Faturei uma mini calculadora, um Aquaplay, dois Pega-varetas, o jogo do mico preto, um Super Trunfo e por último um chocolate em formato de guarda- chuva com gosto de parafina. Pra me desanimar no meu êxito, eu percebi.

Mesmo adulta, já mãe, ganhei o jantar num japa ao vencer de lavada na corrida entre pais e professores.
Eles ainda estavam indo e eu já voltava. Inclusive a professora de educação física. Foi uma oportunidade, aliás, de me entrosar com aquelas mães tão diferentes de mim. Minha vitória foi um sucesso. Um truque da infância.

Essa sensação que eu queria! A autoestima na estratosfera, o gostinho de ganhar, as mãos cheias de brindes e o sorriso colado. Porque era isso que me definia, essa certeza. Embolar o vestido caipira, segurar as duas pontas do saco de farinha, juntar os pés e ir aos pulos. Andar nunca, só pular. Pra frente, sem olhar pro chão. E nem precisa pular tão alto que é pra não tropeçar.

Porque, às vezes, parece que estou andando em círculos, patinando feito um cachorro no ladrilho, feito um hamster naquela rodinha gigante. Repetindo os caminhos como um autômato tentando cumprir uma tarefa que eu não sei bem qual é. Já estou esquecendo de tudo aquilo. De quem eu achava que seria.

Só uma corrida de saco será capaz de jogar meu olhar de novo para o horizonte, levantar meu queixo. Esse peso nos meus ombros eu sei que no terceiro pulo se dissipa, feito fumaça. A linha de chegada, as pessoas rindo dos tombos quando até perder pode ser divertido.

O suor com recompensa no fim.

O Dia dos Namorados
(ou a loja de perfumes)

Ela vinha andando pela rua distraída. Estava recém-liberta daqueles enjoativos túneis de ovos de Páscoa e já tinha disfarçado a tristeza fútil de ter ficado sem presente no Dia das Mães, quando percebeu outra ordem vinda das vitrines: o Dia dos Namorados. Ai que coisa irritante isso de determinarem o sentimento adequado do mês! Não bastasse a obrigação de confraternizar no Natal-pós-eleições, agora vinha a data romântica em plena crise conjugal.

Ela achou graça desse pensamento, e seguiu prestando atenção nas lojas: corações vermelhos, caixas de bombom em promoção, duplas de perfumes e um só preço, menu especial com uma garrafa de vinho de brinde.

Foi bem naquela loja de perfume que aos treze ela comprou para si própria um vidro de Lavanda Pop.

Porque na adolescência era
um martírio não participar
dessa data inventada. Dia 12
de junho servia para esfregar
na sua cara aquele corpo ainda
indefinido, sem peitos. Os
cabelos cheios demais e aquele
par de cambitos branquelos
que não sabia se queria usar
minissaia ou brincar de pique.
Para lembrar sua falta de
coragem em se declarar para seu
melhor amigo.

Mesmo depois que beijou na boca
numa brincadeira de salada
mista, ter um namorado era
uma coisa muito distante. Um
divisor de águas, um ponto
final naquela infância teimosa.

Seguiu pela praça e parou na faixa para atravessar no sinal. O filho passou de bicicleta, e ela, ainda sugestionada pelas vitrines, lembrou de quando o menino, de supetão, disse que estava namorando.

Contou assim, com cara de quem não é mais criança, com jeito de quem agora tinha outros assuntos. E ela, pega de surpresa, respirou fundo para disfarçar o susto e respondeu plácida, o coração aos pulos: "Que legal, filho!" E deram um abraço bem apertado; como ele estava grande! Naquele dia sentaram para almoçar os dois, o garoto com um sorriso colado no rosto, ela reparou.

— Até já mudei meu status no face — ele completou.

Quando o sinal abriu já tinha perdido o menino de vista.

Atravessou a rua e seguiu. Entrou em casa intrigada com a imposição romântica e resolveu pesquisar a data.

Google, claro. Nos EUA e na Europa, os namorados comemoram o dia de São Valentim, um padre romano do século III condenado à morte por defender o casamento quando o então Imperador Cláudio II resolveu proibir o matrimônio por acreditar que soldados casados tinham rendimento inferior (nessa hora ela pensou que poderia existir também o "Imperador Claudio's Day", onde as pessoas comemorariam a alegria de viver consigo, apenas).

Valentim celebrava matrimônios escondido e, quando descoberto, foi preso e condenado à morte. E se apaixonou pela filha do carcereiro. Antes da sua execução, lhe enviou um bilhete de amor assinado "seu Valentim", no dia 14 de fevereiro. Mas aqui, nos trópicos, jamais poderíamos ter um Dia dos Namorados no mês do carnaval!

No Brasil, a data foi criada pelo publicitário João Dória (sim, pai do Ken, prefeito de São Paulo) para impulsionar o comércio num mês considerado fraco.

Sem um fato, um motivo histórico que fosse, pra dar um sentido para além das vendas. Jogaram a data na véspera do dia do santo casamenteiro e desde os anos 1950 essa data pegou por aqui. Com slogans como "não é só com beijos que se prova o amor" e "amor com amor se paga", a estratégia foi um sucesso e atualmente o Dia dos Namorados é a terceira melhor data para o comércio, atrás apenas do Natal e Dia das Mães.

Uma vez tinha caído nesse clichê de comemorar a data junto com todos os casais da cidade. Passaram por três restaurantes, todos com fila na porta. O maitre de um dos estabelecimentos disse que as reservas estavam fechadas há três dias, que no amor deve haver algum planejamento. Foram embora pra evitar discutir relação na fila.

Decidiram por um italiano charmoso que nem parecia que era dentro de shopping, pois ficava no primeiro piso, perto de um belo jardim. Estava cheio mas o simpático garçom os levou a uma "mesinha especial".

A tal mesa estava quinze centímetros distante da dupla ao lado e eles passaram a noite participando involuntariamente das questões daquele casal, que iria se casar numa grande festa dali a três meses. Os dois brigavam por cada detalhe, desde o sabor do bolo até a cor da gravata que ele queria usar, passando pela lista de convidados
"que ele não tinha nada que ter liberado pra mãe chamar quem quisesse".

Era um casal quase separando
num jantar de Dia dos Namorados
por causa da sua festa de
casamento. E eles riram
daquela “noite roubada” quando
chegaram em casa, bem tarde,
um pilequinho delicioso, as
crianças dormindo.

Ela sentiu saudades de
rir à toa, só os dois.

Agora, no meio daqueles boletos, daquela administração, depois de tanto tempo. Desencontrados que estavam nos seus planos, resolvendo cada um dentro de si aquilo que não identificavam. Tinham se perdido dentro da própria casa. E ela, ainda sem saber direito por quê, decidiu. Tomou um banho, foi pra rua, refez o percurso e entrou na loja de perfumes: comprou um frasco para si própria. Depois passou na loja de vinhos e levou duas garrafas. Para beber com ele, bem tarde, a casa em silêncio. Ou na rua, trôpegos, caminhando na beira da sarjeta, rindo bem alto. Aí eles iam sentar no meio fio, bebendo no gargalo, e ela ia perguntar: quer namorar comigo?

No amor deve haver algum planejamento.

Porque sim

Escrevo porque às vezes as palavras
grudam no meu estômago.
E se recusam a sair, virar som, seguir
no vento.
Querem ser importantes, essas palavras.
Sair pelas pontas dos dedos para
ficarem impressas, permanentes.
Palavras caprichosas.
Escrevo porque nem sempre consigo
resolver no silêncio, dentro de mim.
E porque te amo.
E muito.
E não é brincadeira esse amor.
E eu amo porque sim.
Porque eu quero enquanto você quiser.
Quiser muito.
Somos os dois.
Somos os quatro.
Sou só você.
E também sou eu.
Só.